할아버지와 손자의
대화

할아버지와 손자의

대화

조정래　　조재면

해냄

차례

2대에 걸친 사설 공부

딸도 없이 하나인 아들이 군대에서 제대해 복학을 앞두고 있었다. 그런데 집 안에는 우울한 그늘이 서려 있었다. 아들이 군대에서 몸을 상해 나왔기 때문이다. 목 디스크, 계속 물리치료를 받아야 하고, 완치가 불가능하므로 평생 조심하지 않으면 안 된다. 병원이 내린 진단이었다.

그것은 훈련을 하다가 다친 것이 아니었다. 그렇다고 근무 중에 안전사고가 발생한 것도 아니었다. 구타를 당해서 그리 된 것이었다. 구타를 하되 흔적을 안 남기려고 태권도의 수도(手刀) 구타법으로 목줄기를 갈겨 댄 것이었다.

"보초를 서면서 밤마다 맞았는데, 안 맞으면 잠이 오지 않았다."

언제 맞게 될지 몰라 잠을 잘 수가 없었다니……. 아들은 이 말을 제대를 하고서도 한참을 지나 제 어머니한테만 했다. 아버지는 성질이 급하고 고약한 데다, 소설까지 쓰고 있으니 일부러 피한 것이리라.

상병 계급장을 달 때까지 일등병들은 밤마다 그렇게 목줄기를 구타당했다는 것이다. 몇 개월에 걸쳐 그 꼴을 당하며 목이 뚝 부러지지 않고 그나마 디스크로 멈추었으니 얼마나 천행이고, 감사하고, 황공해야 할 일인가.

그건 1995년에서 1996년 사이에 벌어진 일이고, 이렇게 거론하는 것은 처음 일이다. 이미 이십이삼 년이 지난 일이건만 가슴이 격하게 뜨거워지고 전신이 부들부들 떨려 온다.

썩어 빠진, 빌어먹을 군대!

뜨겁게 솟구친 분노와 함께 터져나온 욕을 억누르기가 어렵다. 군에 대한 그 분노와 증오는 하루이틀 된 것이 아니다. 그 뿌리는 1967년으로 뻗어 있다. 나는 그때 대학을 졸업하자마자 군대를 갔고, 훈련소에 입소하자마자 매타작을 당하는 게 일이었다. 그때는 '군대에서 맞아 봐야 사람이 된다'는 말이 당연한 것처럼 오가던 시절이었다. 그러나 맞는 건 지겨운 고통이었고, 육체의 아픔만큼 자존심을 파괴하는 야만의 짓이었다. 밤낮없이 그렇게 두들겨 패는 것은 군대에서 신앙처럼 떠받드는 '군기를 잡기' 위해서였다.

"이거 군기 개판이야."

"야, 군기 좀 잡아라."

상사나 중사 들은 이 말을 입에 달고 살았고, 이 말을 들은 병장이나 상병 들은 자기들이 무슨 큰 잘못이라도 지적당한 듯 즉각 몽둥이를 들고 나서고는 했다. 그 '군기 잡으라'는 말은 폭력 용인을 넘어 폭력 권장이었다.

그 일상화된 군대 폭력은 크고 작은 인명 사고를 줄곧 일으키면서 사회 문제로 비화되고는 했다. 군대가 은폐를 해서 그렇지 창군 이래로 지금까지 폭행으로 죽어 간 목숨이 그 얼마일까? 실로 어마어마할 것이다. 구타가 사회 문제로 확대될 때마다 군대는 '두 번 다시 이런 일이 발생하지 않도록 폭력 행위를 발본색원하겠다'고 목소리를 높이고는 했다. 발본색원이라는 그 유식한 사자성어를 국민은 학교 공부를 통해서가 아니라 군대 성명을 통해서 익힐 지경이었다.

그런데 엄숙한 표정과 단호한 목소리의 그 약속은 어찌 되었는가? 군대는 국민을 보기 좋게 배신했다. 내가 야전 도끼 자루로 엉덩이를 50대 맞아 한 달 이상을 눕지 못하고 엎드려 자는 고통을 당하며 제대를 한 후로 28년여가 지났는데도 내 아들이 또 밤마다 구타를 당해 평생토록 앓아야 하는 목 디스크 환자로 제대를 한 것이었다.

그런데 끔찍한 사실이 있다. 내 아들과 함께 일등병들이 전국 방방곡곡에서 맞지 않으면 잠들 수 없도록 줄기차게 구타를 당하고 있는데 '공영 방송'을 자처하는 MBC TV에서는 매주 〈우정의

무대〉라는 것을 방송하면서 '폭력, 구타 없는 군대'라는 것을 누누이 강조하고 있었다. 이런 끔찍한 국민 배신이 어디 있는가. 자식을 군대에 보내고 있는 수많은 부모들이 그 텔레비전을 보면서 무슨 생각을 할 것인가. 쓰라리고 피 맺히는 가슴을 끌어안고 들끓어 오르는 분노를 어금니 맞물며 꾹꾹 참아 내면서 얼마나 신음했을 것인가.

그렇다면 그런 방송을 하고 있는 MBC 사장이나 PD, 그리고 드높은 목청으로 신바람 나게 사회를 보는 근육질의 방송인은 정말 폭력 없는 군대임을 믿고 있었을까. 아니다. 그들도 거짓말인 것을 다 알고 있으면서도 그런 거짓 방송을 꾸며 내고 있었을 것이다. 그때는 30년 군부 독재 시대를 종식시키고 이름도 그럴싸하게 내건 '문민정부' 시대였는데도 그런 뻔뻔스러운 거짓말을 국민들 앞에 펼쳐 내고 있었다. 그것이 국방을 빌미 삼아 치외법권적 성역으로 국민 위에 군림하고 있는 군대의 위세고 위력이었다. '찍소리 하지 말고 가만히 있어. 시건방지게 정신 못 차리고 까불면 빨갱이들이 또 쳐내려와.' 분단 공포증에 가위눌려 있는 사람들은 도리 없이 그저 참을 수밖에 없었다. 문민정부라고 해서 지난 군부 독재 30년 동안 누이 좋고 매부 좋은 식으로 권력과 상부상조해 오며 난공불락의 성을 쌓아 올린 군대의 힘을 당장 어찌할 수가 없었던 것이다.

군대의 위력 앞에 국민 전체가 꼼짝 못하도록 그 힘을 막강하게 키워 준 것은 다름 아닌 박정희였다. 그가 '3선 개헌'에서 유신으로 이어지는 종신 독재를 해 나가기 위해서는 군부의 힘을 등에 업어야 했기 때문에 그는 군대에 엄청난 특혜를 베풀었다. 그게 바로 국방비에 대한 감사 면제였다. 국가 안위를 위한 군사 기밀 유지가 그 명분이었다. 국민의 혈세로 유지·운영되는 국가의 모든 부처는 그 예산 씀씀이에 대해서 엄격하고 객관적인 감사를 받아야 하는 것이 불변의 철칙이다. 국방비도 군사 기밀을 지키는 대원칙 아래서 국가 기밀 취급의 자격을 가진 감사원의 철저한 감사를 받아야 한다. 그런데 그것을 면제했으니 어찌 되었는가. 몇십 년에 걸쳐서 끝없이 이어지는 어마어마한 금액의 방산 비리가 발생하지 않으면 오히려 이상한 일인 것이다. 견물생심이더라고, 각 부처 중에서 제일 많은 예산을 받고도 감사를 받지 않아도 되니 슬금슬금 딴마음이 생기는 건 너무 자연스럽지 않은가. 그 군대의 성역화는 최근의 불량 방탄복까지 온갖 크고 작은 비리를 양산한 가운데 폭력 군대의 전통도 굳건하게 유지해 왔던 것이다.

한국 군대는 개 패듯 하는 폭력이 왜 그렇게 만연해 있는 것인가. 그 뿌리는 저 일제 시대로 연결되어 있다. 군국주의 일본 군대는 폭력 행사로 유지되었다. 마구잡이로 두들겨 패는 공포로 복종시키고, 진격시켰다. 식민지 조선인들을 다루는 데 그 폭력이 더욱 가혹해졌음은 물론이다. 군대가 아닌 징용에 끌려간 사람들까지 탄광에서, 비행장에서, 모든 작업장에서 쉴 새 없이 폭력을 당해야 했다. 그 폭력에 저항하면 당장 총알이 가슴을

꿰뚫어 버렸다.

그 지옥의 시대를 거쳐 해방이 되었다. 그런데 한반도는 분단되었고, 미군정이 실시된 남쪽에서는 민족을 배반한 친일파들을 다시 등용해 권력을 주었다. 그 말이 안 되는 경거망동은 오늘날까지 대한민국을 어지럽히고 병들게 하고 망치는 근본적 원인이 되었다.

공무원 조직, 경찰, 법조계, 실업계, 은행계 등 모든 국가 사회 조직이 친일파들에 의해 장악되었다. 그중에 빼놓을 수 없는 조직이 군대다. 대한민국 창군과 함께 군대 조직을 장악한 것은 일본 육사 출신들이었다. 독립운동을 했다고 하면 그 어디에도 취직이 안 되던 기막힌 시대 상황이었으니 새로 만들어진 군대에서 독립군 출신들이 기를 펴기란 가망 없는 일이었다.

일본군 출신들이 장악한 군대는 그대로 일본식으로 운영되었다. 그중에 대표적인 것이 폭력으로 군기 잡기였다. 그 폭력 행사는 6·25를 거치면서 더 거칠어졌고, 5·16을 거치면서 시정될 기미를 전혀 보이지 않았다. 그 일본군 출신들은 5·16을 계기로 대통령도 되고, 국회의장도 되고, 국무총리도 되고, 국방장관·참모총장 등 좋은 자리를 다 차지하는 판이었으니 군대라는 성곽은 더욱 높고 견고해지면서 폭력은 군기 잡기의 신효한 약으로 장수를 누릴 수밖에 없었다.

군부 독재로부터 '항복'을 받아 낸 1987년 6월 민주항쟁 이후 30년 세월이 흘렀다. 그동안 경제 발전과 함께 민주 의식도 많이 고양되었다.

"아유, 닭고기 좀 제발 그만 주세요."

요새 텔레비전 화면에서 병사들이 하는 말이다. 우리는 그만큼 잘살게 되었고, 병사들도 잘 먹이고 있다. 내가 훈련을 받을 때는 된장에 찍어 먹은 양파 한 쪽이 눈물 나게 맛있는 특식이었고, 돼지고기 된장국에는 비곗덩어리 하나 찾을 수 없이 기름만 둥둥 떠 있었다. 급식이 그렇게 현격하게 변했듯 군대 내에서 폭력 행사도 엄단하고, 일소시켜야 한다. 폭력으로 지탱되는 사기는 진정한 사기일 수 없다. 그건 억지 조작이고, 가짜 사기다. 민주 국가의 군대는 우정과 배려와 이해를 바탕으로 해야 하며, 그 조화가 사랑을 잉태시키고 신뢰를 생성시킨다. 서로에 대한 사랑과 신의로 뭉쳐질 때 조국에 대한 자발적 충성이 생겨나고, 그 힘이 곧 진정 강한 군대의 사기가 되는 것이다.

그런데 그 폭력 행위는 군대 내부로 끝나는 게 아니었다. 그 악습은 마치 병균처럼 사회 전반으로 퍼져 음험하게 다시 행해지고 있었다. 근자에 대학 사회와 의료계에서 전신에 퍼렇게 피멍이 들도록 구타해 대고, 그것도 모자라 똥까지 먹인 대학 교수의 행태가 그 심각성을 잘 보여 주고 있다. 그리고 어디 그뿐인가. 공사 현장이며 중소 제조 업체 같은 데서 일상적이고 상습적으로 벌어지고 있는 욕지거리와 손찌검은 못된 군사 문화의 판박이 아닌가. 그리고 또 어느 나라보다 많은 가정 폭력과 데이트 폭력은 어떤가. 그뿐 아니라 여권 신장 바람과 함께 몇 년 전부터 텔레비전 드라마며 광고에 여자가 남자의 정강이를 걸어차는 짓이 빈번하게 나온다. 그 행위는 바로 군대에서 가장 많이 써먹는 폭력 행위인 '조인트 까기' 아닌가. 우리 사회는 이렇게 깊이 군대식 폭력에 오염되고 병들어 있다. 우리는 이런 야만적인 사회 속에서 서로를 동물시해 가면서 언제까지 살아가려 하는 것일까. 지위가 좀 높다고 하여 아랫사람들에게 습관적으로 폭력 행위를 일삼는 것도 문제이지만, 이런 잘못된 행위를 뜯어고치려고 공동으로 나서지 않는 사회적 둔감과 방임은 더욱더 큰 문제다.

'적폐 청산'을 기치로 내세워 국민의 지지를 받은 새 정부가 출범하고 1년이 다 되어 간다. 그동안의 적폐 청산은 큰 환영을 받으며 잘 진행되어 왔다. 그 적폐 중의 하나로, 정부는 방산 비리를 기필코 뿌리 뽑겠다고 공언해 오고 있다. 꼭 그러기를 바란다. 그리고 또 하나의 군대 적폐, 폭력 행위도 반드시 뿌리 뽑아야 한다. 내가 그동안 묻어 왔던 이야기를 이 기회에 굳이 꺼내는 것은 지금이 지난 70년 세월 동안 쌓여 온 군대 폭력의 적폐를 없앨 수 있는 적기라고 기대하기 때문이다.

아들이 목 디스크가 되도록 폭행을 당하고 있을 때 나는 아무것도 하지 못한 무능하고 무력하기 짝이 없는 아비였다. 그 자책은 깊은 신음을 자아냈다. 아들 앞에 죄인 된 우울을 앓으며 복학하는 그를 위해 내가 할 수 있는 일이 무엇일까를 생각했다.

며칠 생각해서 찾아낸 것이 '사설 공부'였다. 매일 아침 신문 사설을 한 가지씩 골라내 공부시키자는 것이었다. 사설을 공부하다니, 좀 생소할 수 있다. 그러나 다시 생각해 보면 그건 꽤나 실속 있고 알찬 공부가 될 수 있다.

복학하는 아들은 본격적으로 리포트를 써야 하고, 더 나아가 분량 많은 논문도 작성해야 될 터였다. 신문 사설들은 중요한 사회 문제들을 짧게 응축시킨 논리들로 분석, 비판, 평가한 모범적인 글들이다. 그것들을 매일 정독하고, 논리 구조를 파악해 가면 그보다 더 좋은 공부는 없으리라는 생각이 들었던 것이다.

나의 설명에 아들은 무표정한 얼굴로 보일 듯 말 듯 고개를 끄덕였다. 원래 말수가 적었던 아들은 군대를 갔다 와서 더 말이 없어졌다.

"군대에 갔다 와야 사람이 된다는 말은 순 거짓말이야. 오히려 사람을 버려."

이종사촌의 정색을 한 이 말에 아들은 전적으로 동감을 표했었다. 입을 닫다시피 해 버린 아들의 침묵하는 심중에는 그 동감에 버금가는 상처가 도사리고 있었던 것이리라. 그래, 육군병원 침대에서 20킬로그램짜리 쇳덩어리 추를 머리에 매달고 있어야 했던 고통을 이 아비가 어찌 다 알 것이냐. 이 글을 쓰는 지금도 사죄의 눈물이 가슴을 타고 내린다.

병세가 심각해 아들이 원주 군병원에서 육군수도병원으로 이송될 때였다. 나는 괴로움과 분노를 견딜 수가 없어서 외쳐 댔다.

"나, 다 때려치우고 널 이렇게 만든 놈들을 가만두지 않겠다. 지금은 옛날과 달라!"

나는 '문민정부' 시대가 된 것을 믿고자 하고 있었다.

"아빠, 참으세요. 그 애들은 다 제대해 버렸고, 군대, 아시잖아요. 다 소용없어요. 소설이나 쓰세요."

아들이 울음 담긴 얼굴로 간곡하게 말하고 있었다.

"……."

그때 나는 『아리랑』 막바지를 쓰느라고 많이 지치고 어려운 상황이었다. 아들은 소설 쓰기가 멈춰질까 봐 걱정하고 있었다.

나는 아들의 그 슬프고도 체념 짙은 얼굴을 바라보며 고개를 끄덕일 수밖에 없었다. 그때 내가 아들의 말대로 참았던 것이 안타깝지만 잘한 일이었다는 것을 몇 년이 지나서 확실하게 확인했다. '김훈 중위 사건'이었다. 1998년 2월 판문점 인근 공동경비구역(JSA)에서 근무하던 육사 출신 김훈 중위는 어느 날 의문사를 당했다. 그의 아버지는 그 사인을 밝혀 내기 위해서 본격적으로 나섰다. 그러나 몇 개월이 지나도 사인은 오리무중, 그의 아버지는 헛수고만 한 후 허탈감에 빠져 있음을 언론이 보도하고 있었다. 그의 아버지는 평범한 민간인이 아니라 '투 스타'의 예비역 장군이었다. 그럼에도 불구하고 겹겹이 둘러쳐진 군대의 장막은 열릴 기미라곤 없이 끄떡도 하지 않았던 것이다. 대통령만 민간인이 선출되었을 뿐 군대는 여전히 지난날의 군대 그대로였던 것이다. 예비역 장군이 그토록 무력하게 무너지는 판인

데 한낱 소설가 나부랭이가 군대의 위력 앞에서 무엇을 할 수 있었을 것인가.

초라하고 나약하기 이를 데 없이 추락해 버린 아비의 위상을 최소한이나마 세울 수 있고, 아픈 몸을 이끌고 복학을 해야 하는 아들에게 최소한이나마 힘이 되어 줄 수 있는 일, 그것이 '사설 공부'였던 것이다.

그때 나는 세 번째 대하소설 『한강』을 쓰고 있었다. 소설을 쓸 때는 세상과 절연 상태에 들어간다. 아무도 만나지 않고, 그 어떤 세상일에도 관여하지 않는다. 『태백산맥』을 쓸 때는 아버지의 임종도 지키지 못했고, 밥상에 마주 앉은 아내마저도 글쓰기에 방해가 되어 딴 장소를 찾아 옮길 지경이었다. 그런데 아침마다 아들과 함께 사설 공부를 하기로 작정하고 나섰던 것이다.

세 가지 신문 중에서 한 가지 사설을 골라낸다. 아들과 나란히 앉아 내가 먼저 사설의 제목을 읽는다. 그리고 이 이야기는 이런 방향과 저런 방향에서 볼 수 있다고 두 가지 시각을 제시한다. 아울러 각기 다른 시각으로 전개하는 이야기의 방법을 간추려 들려준다. 그런 다음에 내가 사설을 한 문장, 한 문장 천천히 또박또박 읽어 나간다. 그러면서 문장의 의미를 설명하고, 논리 전개를 짚어 주고, 기·승·전·결을 구분하고, 확인시킨다. 그리고 논리 전개를 이렇게도 할 수 있고, 저렇게도 할 수 있다는 것을 대목 대목에서 예를 들어 가며 설명해 준다. 그 공부는 약 30분 정도 걸린다. 사설 한 가지를 읽는 데 3~4분 걸리니까 그

열 배의 시간이 들어간다.

공부는 그것으로 끝나지 않는다. 나는 아들에게 그날 읽은 사설을 그날 대학노트에 베끼라고 일렀다. 저 옛날부터 글 읽은 분네들이 남겨 놓은 귀한 말이 있다.

'열 번 읽어 해독되지 않는 문장이 없고, 열 번 읽는 것보다 한 번 필사하는 것이 더 낫다.'

내가 하루도 빠지 않고 사설을 설명해 나가듯이 아들도 하루도 거르는 일 없이 사설을 또박또박 필사해 나갔다. 대학노트는 한 권, 두 권, 차츰 불어나고 있었다.

나는 그 일이 한 번도 귀찮게 여겨지지 않았고, 소설 쓰는 데도 전혀 방해가 되지 않았다. 아들에 대한 사죄 의식은 그렇게 절실했다.

그러던 어느 날 아내가 침울한 기색으로 말했다.

"저어……, 도현이가 하는 말이, 아빠 소설을 사람들이 다 좋아하는 건 아니라고 했어요. 차마 자세히 묻지는 못했는데, 군대에서 『태백산맥』작가의 아들이라고 무슨 덕을 좀 본 게 아니라 오히려 더 피해를 본 것 같은 느낌이었어요."

"……"

나는 아무 말도 할 수가 없었다. 그 순간 한 가지 생각이 번뜩 떠올랐다. 몇 년 전 『태백산맥』 사건으로 대공분실에서 조사를 받을 때의 일이었다.

"당신 말야, 대학생들이나 운동권 아새끼들 앞에서 폼 잡고 어쩌고 하는지 모르지만 말야, 여기선 어림없어. 우린 당신 소설이 빨갱이들을 찬양 고무한 시뻘건 불온서적이라는 증거를 충분히 확보하고 있거든. 당신은 문학평론가들이 다 좋다고 박수 쳐 대고 있다고 생각하지? 흥. 어림없는 소리. 우린 당신 소설이 틀림없는 불온서적이라고 입증해 준 열두 명의 평론가 글을 가지고 있어. 열두 명이라고, 열두 명!"

씨름꾼 스타일로 생긴 수사반장이 험한 표정에 어울리는 살벌한 목소리로 한 말이었다.

아아, 나는 믿을 수가 없었다. 두 명도 아니고 열두 명이라니. 대한민국에 넘나간 평론가들이 그렇게도 많단 말인가. 민족의 숙원이고 비원인 통일을 이룩하기 위해서는 분단 의식을 극복하고 객관적이고 균형 잡힌 시각을 확보해야 한다는 주제를 가진 소설을 불온서적이라고 규정해 버리다니. 소위 객관적으로 작품을 평한다는 평론가들의 안목과 인식이 그 정도밖에 안 되는가. 나는 내 양쪽 손목에 쇠고랑이 채워지는 절망감에 빠졌다.

도대체 그런 위인들이 누굴까……. 집중된 내 의식 앞에 떠오르는 한 사람의 얼굴이 있었다. 문학평론가 김병익이었다. 그는 『태백산맥』이 완간되자마자 자기가 발행하는 계간지《문학과사회》에다가 장문의 작품평을 실었다. 그 긴 글의 핵심과 결론은 이랬다.

'좌파들은 한결같이 긍정적 인물로 설정된 반면, 우파는……, 부정적 인물로 그려지고 있다.'

만약 대공분실에서 이 글을 보았더라면 얼마나 환대를 했을 것인가. 언젠가 수사 기록 기밀 해제가 될 날이 올 것이다. 그때 그 열두 명의 이름을 다 알게 되리라.

이성적이고 객관적 의식과 가치관으로 작품들을 판단·평가한다는 평론가가 그런 결론을 내렸으니, 6·25 참전 용사들이나 월남전 참전 용사들이 구성한 반공 단체에서 나를 국가보안법을 위반한 빨갱이로 고발한 것은 너무 당연하고도 자연스러운 일이었다.

그리고 그 여파로 군대에서 『태백산맥』이 금서가 된 것 또한 너무 당연한 일이었다. 그런 살벌한 분위기가 조성되어 있는 판에 조정래의 아들 조도현이 군대에 나타난 것이다.

평소에 지나칠 정도로 말이 없는 내 아들은 중·고등학교를 거치는 동안 제 아버지가 조정래라는 것을 한 번도 공개적으로 발설한 일이 없었다. 그런데 고등학교 2학년 사회 시간에 선생님이 대학 들어가서 꼭 읽어야 할 책이라며 칠판에 『태백산맥』이라고 썼다. 다음 순간 한 아이가 외쳤다.

"그 아들 여깄어요!"

그래서 내 아들은 전교생의 주목을 받게 되고 말았다.

그런데 2년이 지나 대학에 들어갈 때였다. 어머니와 아들 사이에 큰소리가 일어나고 있었다. 보호자의 직업란에 아들은 '소설가'라 쓰지 않으려고 했고, 어머니는 그 어이없는 짓을 도저히 이해할 수 없어서 일어난 다툼이었다.

"여보, 그게 뭐가 문제야. 애가 원하는 대로 그냥 회사원이라고 써 줘."

나는 웃으며 이렇게 말했다. 그러면서 속으로는 한없는 만족감에 취하고 있었다. 아들이 조정래 아들로 얼마나 주목을 받았으면, 그것이 또 얼마나 부자유스러웠으면 저럴 것인가. 소설가 아버지로서 그보다 더 큰 성공은 없었던 것이다.

아들은 소원대로 '회사원의 아들'로 대학에 들어갔다. 그러나 그 연막 전술은 2년쯤 지나 들통나고 말았지만.

학창 시절의 그런 즐거운 주목에 비해 북한을 주적으로 삼고 있는 군대에서의 주목은 얼마나 끔찍하고 무서웠을까.

"얌마, 니 아비가 빨갱이 작가잖아!"

이런 기합을 넣으며 목줄기를 강타.

"새꺄, 니 아비가 빨갱이면 너도 빨갱이잖아."

이런 기합과 함께 또 강타.

아비 때문에 밤마다 다른 일등병들보다 더욱 가혹한 고통을 당했을 아들의 모습이 선하게 떠오르고 있었다.

나는 또 새롭게 치솟는 분노와 증오 때문에 부들부들 떨었다. 그러나 나는 아들에게 그런 감정을 숨기려고 애썼다. 그런 사실을 확인하는 것 자체가 다시금 아들을 괴롭히고 나를 괴롭히는 일이었기 때문이다.

그 사설 공부가 좀 효과가 있었던 것인지 어쩐지 아들은 석사 논문, 박사 논문을 무던하게 써서 학위를 받았고, 여러 해의 시간강사 노릇을 거쳐 이제 대학에 자리를 잡았다. 그러나 지금도 물리 치료는 계속하고 있다. 완치가 없으니…….

2015년 3월 어느 날 무심코 신문을 넘기다 보니 문득 눈길을 끄는 것이 있었다. 같은 문제를 다룬 두 신문사의 사설이 나란히 실려 있었던 것이다.

'이 무슨 희한한 일인가!'

그건 서로 경쟁하고 견제하는 신문끼리 쉽게 할 수 있는 일이 아니었다. 그래서 눈여겨 들여다보니 사설 아래에는 제삼자 입장에 선 전문가가 동일한 사건이나 문제에 대해 다른 시각이나 논리로 전개된 두 사설을 비교하고, 분석하고, 평가한 글이 실려 있었다.

'아, 이건 정말 멋진 공부다!'

내 머릿속에 환한 전등이 켜졌다. 그것이야말로 효과적으로 실효를 거둘 수 있는 살아 있는 논술 공부였던 것이다.

그 이색적인 사설 대비가 내 의식을 환하게 밝혀 주었던 것은 두 가지 이유 때문이었다. 첫째, 그것은 능률적이고 효과적인 방법을 찾기 난감한 논술 교육의 한길을 열어 주고 있었던 것이다. 논술 시험은 이미 경쟁이 치열한 대학 입시에서 학부모나 학생에게는 골칫거리, 학교에서는 두통거리가 된 지 오래였다. 그야 그럴 수밖에 없는 것이 '논술'이란 그저 감상적인 글쓰기가 아니라 논리적인 글쓰기이기 때문이다. 하나의 공통된 문제를 놓고 남과 다른 나만의 시각과 안목으로 논리를 전개시켜 합리적인 객관성과 설득력을 확보해야 하는 것이 논리적 글쓰기인 것이다.

그런데 보라. 우리의 고등학생들이 그런 준비가 되어 있는가? 아니다. 불행하게도 우리 고등학생들은 논술을 쓸 수 있는 기본 바탕이 전혀 마련되어 있지 않다. 왜냐하면 교과서 이외의 책, 일반 교양서나 문학책, 더 나아가 철학서와 사회학 서적 같은 것은 거의 읽은 적이 없기 때문이다. 주입식 암기 교육이 유발한 대학 입시 경쟁에서 이기기 위해서 교과서를 비롯하여 각종 참고서의 무수한 문제들을 외우고 외우고 또 외우는 일만 죽기살기로 되풀이했을 뿐이었던 것이다. 그리고 1점 차이로 인생 행로가 달라지는 치열한 경쟁의 현실 속에서 부모들은 자식들이 시험공부 이외의 책들을 읽지 못하도록 눈에 불을 켠 훼방꾼들이 되어 있었다.

"그딴 거 왜 읽어. 공부해, 공부!"

"신세 망치고 싶어? 그런 책 당장 버려!"

우리 어머니들이 부끄러운 줄 모르고 내뱉는 말들이었다.

그러나 어머니들만 탓할 수는 없는 일인 것이다. 그 근본 원인은 케케묵은 일본식 교육 제도를 해방이 되고 나서도 70여 년 동안 그대로 답습해 온 역대 교육부에 있었다. 나라에서는 문제 많은 교육 제도를 그대로 실시하고 있고, 자식의 일생을 좌우하는 입시 경쟁에서 밀려서는 안 되니까 대학 나온 어머니들마저 교과서 이외의 딴 책은 절대 못 읽게 훼방꾼으로 나서는 무식한 어미 노릇을 부끄러움 없이 해 댄 것이었다.

그런데 논술이란 어떻게 해야 잘 쓸 수 있는가. 그 왕도는 딱 하나, 교과서 이외의 여러 가지 책을 많이 읽어야 하는 것이다. 저 옛날로부터 수천 년에 걸쳐서 글을 잘 쓰는 불변의 원칙 세 가지가 있다. 많이 읽고, 많이 생각하고, 많이 쓰는 것이다. 이 방법이야말로 시간을 얼마나 많이 잡아먹는 일인가. 논술 시험 잘 치르려고 이 방법을 택했다가는 '인(in) 서울'은 말할 것도 없고 지방 대학 차지도 어렵게 될 판이었다.

그런데 왜 대학에서는 논술 시험을 치러 학생과 학부모 들을 몸달게 하고 못살게 구는 것인가. 그건 명백한 이유가 있어서 채택한 제도다. 달달 외우는 암기 시험만으로는 창의적 능력과 개성적 사고력을 알 수가 없는 것이다. 대학 교육은 암기력만이 아니라 개성적인 창의력과 사고력을 꼭 필요로 하기 때문이었다.

그러한 상황 전개는 학생과 학부모 들에게는 피할 수 없는 거대한 암초였다. 그 다급한 해결책은 무엇인가. 학부모들이 기민하게 찾아낸 방법이 있다. 학원이었다. 학부모들은 이미 입시라는 무한 경쟁의 해결사로서 학원들을 절대적으로 신뢰하고 있었다. 그 신뢰가 얼마나 크고 깊은지 사교육 시장은 '사교육 망국론'이 대두할 지경으로 극심해져 있었고, 학부모들은 너나없이 사교육 중독자들이 되어 돈을 아낌없이 퍼부어 대는 바람에 부자 동네로 소문난 강남에 '학원 재벌'을 탄생시키는 지경에 이르러 있었다.

수요가 있는 곳에 공급은 창출되고, 필요한 것은 반드시 만들어진다는 것이 인간 사회의 순환 법칙이다. 그 원칙은 사교육 시장에서 신속 기민하게 작동하고 있었다. 학부모들의 급박한 해결 욕구에 발맞추어 논술 학원은 지체 없이 탄생하시었다.

그러나 다양한 책 읽기라는 기본 바탕이 없는데 학원이 또다시 '주입'해 주는 약아빠진 요령만으로 좋은 논술이 씌여질 것인가. 사막에서 물 솟기를 바라는 것이고, 겨울에 꽃 피기를 바라는 것이 바로 그것이다. 그런데 왜 논술 학원들은 번창하고, 성업을 계속하고 있는 것일까. 학원들은 가지가지 모범 답안들을 생산해 내고 있었던 것이다. 그리고 비싼 돈 갖다 바친 학생들은 그 답안들을 또 달달 외워 대는 것이었다. 마술적 요령들을 기막히게 부리고 있는 것이었다. 그러나 대학 교수들은 눈뜬장님들이 아니었다. 그 모범 답안들을 예리하게 알아보고 골라내기 시작했다. 그렇다고 논술 학원이 없어지는 것이 아니었다. 더 교묘하고 다양하게 모범 답안들을 만들어 냈고, 학원 중독에 빠져 있는 학부모들은 계속 거기에 의존할 수밖에 없었다. 그래서 학원과 대학의 숨바꼭질은 입시철마다 되풀이되고 있었다. 그런 현상이야말로 그 어디에서도 구경할 수 없는 한국적 풍경이 아닐 수 없었다.

그런데 이보다 더 웃지 못할 일이 또 벌어지고 있었다. 자기소개서(자소서) 학원들도 기세 좋게 성업을 하고 있었다. 취업 희망자도 입시생들도 자소서를 써야 하니 그 시장은 오히려 논술 시장보다 더 넓을 수도 있었다. 자기소개서를 자기가 손수 쓰지 않고 학원에서 그 요령을 배우는 척하며 학원이 써 주는 것들을 가지고 분해하고 조립하고, 뒤섞어 다시 짜고 하다니……

이러한 현실 속에서 그 두 신문의 사설 대비와 전문가의 참여는 더없이 좋은 논술 공부 마당이었다. 그것은 단순히 입시를 앞둔 학생들만이 아니라 일반 대중들에게도 균형 잡힌 사고와 다양한 인식을 갖추는 데 효과적인 도움을 주는 것이었다. 신문사가 아까운 지면 한 면을 전부 할애한 것이 그런 폭넓은 뜻을 가지고 사회적 서비스를 하고자 함이었으리라 여겨졌다.

두 번째는 사랑하는 두 손자에게 할아버지를 대신할 수 있는 논술 지도 선생님을 모시게 된 기쁨이었다. 중학교 3학년이고, 초등학교 6학년인 두 손자는 앞으로 차례차례 논술이라는 높고 큰 산과 깊고 넓은 강을 건너야 하는 노정을 앞두고 있었다. 그 두 놈에게 그 사설집 스크랩북을 주면 얼마나 좋은 할아버지의 선물이 될 것인가. 그것을 자꾸 반복해서 읽다 보면 평소에 책을 많이 읽어 온 두 녀석에게는 논술이라는 개념이 자연스럽게 잡힐 것이고, 그런 시간이 쌓여 가다 보면 논술 쓰기는 그다지 어렵지 않은 일이 되리라. 논술을 그저 돈을 앞세워 학원의 힘으로 해결하려고 드는 그 약삭빠른 요령과 술수가 넘쳐 나는 세상사를 싫어해 온 나에게 그 사설 대비는 새로운 길을 보여 주는 고마운 선물이었다.

그래서 나는 지체 없이 그 사설들을 정성스럽게 오려서 두껍고 큰 노트에 스크랩하기 시작했다. 나는 즐겁게 일주일에 한 번씩 그 일을 했다. 그 즐거움은 손자에게 줄 선물을 손수 만들고 있기 때문만이 아니라 멀리 떨어져 있는 손자에 대한 그리움이기도 했다. 큰손자는 저 멀리 가평에 있는 청심중학교에서 기숙사 생활을 하고 있었다. 그래서 날마다 만나도 그리울 손자를 일주일에 한 번 만나기도 어렵게 살고 있었던 것이다.

억울하고 분하게도 그때부터 손자를 공부에 빼앗기기 시작했던 것이다. 손자에 대한 무한 사랑이 샘솟고 있는 할아버지들은 다 똑같은 마음이겠지만, 손자를 보고 싶을 때 자유롭게 맘껏 볼 수 없는 것처럼 분하고 억울한 일도 없는 것이다.

석양의 자기 그림자가 나날이 길어져 가기만 하는 황혼 인생에 손자를 본다는 것은 얼마나 큰 보람이고 기쁨이던가. 여러 말 할 것 없이 손자는 황혼의 인생들에게 하늘이 준 마지막 선물이다. 손자는 늙음의 시름을 잃게 하고, 인생 황혼의 무상함을 새 움 돋는 삶의 활력으로 바꾸어 주는 묘약이고, 새 희망의 샘이다. 오죽하면 옛사람들이 '닳아질까 봐 쳐다보기도 아깝다'고 했겠는가.

그런 손자를 가까이 두고 매일 보지 못하고 먼 산골로 보내고 말았으니 그 그리움이 사무쳐 병이 될 지경이었다. 나는 애초에 그 중학교에 가는 것을 영 못마땅히 생각했었다. 그러나 자식의 공부 문제는 엄마 아빠의 소관이지 할머니 할아버지가 나설 일이 아니라는 아내의 제지 앞에서 나는 일차 주춤했다. 그다음은 당사자인 재면이의 의사였다. 야속하게도 녀석이 그 학교에 가고 싶어 한다는 것이었다. 할아버지에게 그렇게 배신을 때리다니! 나는 말 한마디 하지 못하고 날마다 보아도 또 그리운 손자를 머나먼 길을 떠나보내지 않을 수 없었다. 분당에서 가평까지는 두 시간도 안 걸리는 거리라고 했지만, 일단 내 생활권인 분당을 떠나 버리는 것은 가평이나 천 리 밖 땅끝마을 해남이나 마찬가지였던 것이다.

1년 동안 그리움으로 풀칠해서 붙인 스크랩북을 재면이가 고등학생이 된 2016년에 건네주었다. 할아버지가 자상한 설명을 정답게 곁들였음은 물론이었다.

"……네."

재면이 녀석은 언제나처럼 보일 듯 말 듯 엷게 웃으며 묵직한 목소리로 짧게 응답했다. 녀석은 커 갈수록 제 아비를 닮아 가 무척이나 말수가 적어졌던 것이다.

아 그런데 고등학생이 되자 더 고약한 일이 벌어졌다. 가평에서 용인으로 거리가 절반으로 줄어들어 자주 만나게 되리라 잔뜩 기대하고 있었던 터였다. 그러나 그 기대는 무참하고 참담하게 깨어지고 말았다. 현실 감각 무딘 할아버지는 고등학교 공부가 대학 입시를 향하여 1학년 때부터 얼마나 치열하고 광적으로 전개되는지를 모르고 있었던 것이다. 거리는 가까워졌는데 만남은 더 멀어졌으니 할아버지의 절절한 그리움은 더욱 애타게 사무칠 뿐이었다.

그 못된 교육 제도 때문에 이렇게 속절없이 손자를 빼앗겨야 하다니……. 내가 복수하는 방법은 병 들고 탈 많은 우리나라 교육에 대해서 쓰려고 하는 소설 『풀꽃도 꽃이다』를 더욱 잘 쓰는 수밖에 없다고 다짐하는 것뿐이었다.

그렇게 1년이 지난 어느 날 재면이가 불쑥 한마디했다.

"할아버지, 써요."

밑도 끝도 없이 이게 무슨 소린가. 재면이의 말은 늘 이런 식으로 무슨 암호를 날리는 것 같다. 말수가 적은 녀석은 언제나 핵심만 딱 잘라 한마디다. 그런데 할머니 할아버지는 그 말을 귀신같이 잘 알아듣는다.

"응, 재면이하고 할아버지하고 논술 쓰기 하자고?"

할아버지가 눈치 빠르게 응대했다.

"네에에……."

재면이 녀석의 대답이 좀 길어지며 웃음도 밝게 피어났다. 할아버지가 제 마음을 빨리 알아채 기분이 좋다는 반응이었다.

나는 잠시 잠깐 어리둥절했고, 다음 순간 손자가 두세 살 어렸을 때 둥가둥가 업어 주었던 것처럼 다시 업어 주고 싶은 기쁨이 솟구쳤다.

아아, 그냥 읽어 보기만 하라고 주었더니 한발 더 나아가 솔선해서 논술을 쓰겠다고 나서다니……. 과연 내 손자로다! 나는 소리 없이 외쳐 대고 있었다. 세상에 이보다 더 큰 기쁨이 어디 있겠는가.

"우리 재면이 힘들지 않을까?"

나는 벅찬 기쁨 속에서도 경쟁 심한 학교에서 공부에 부담되고 지장이 있지 않을까 걱정하고 있었다.

"아아니요. 제가 먼저 써서 할아버지께 드릴게요."

재면이가 더 밝게 웃으면서 태연하게 말했다.

그리고 한 달쯤 지나 글을 다 썼다고 재면이가 할머니한테 연락을 했다.

"재면아, 핸드폰으로 찍어서 보내." 할머니가 말했고, "안 되는데요." 재면이의 대꾸였고, "왜에……?" 할머니는 의아해했고, "좀 길어서요." 재면이는 할머니의 허를 찌르고 있었다.

할머니는 보통 사설의 길이가 200자 원고지 4~5매니까 그 정도 길이로 여기고 핸드폰 문자로 보내라고 한 것이었다.

며칠이 지나 며느리가 가지고 온 재면이의 글을 받고 나는 두 번 놀라야 했다. 그 길이가 자그마치 A4 용지 여섯 장이었던 것이다. 그리고 그 글의 제목은 '역사 교과서 국정화 논란'이었다. 어린것이 어떻게 A4 용지 여섯 장을 채울 수 있는 것이며, 그리고 지금 나라를 뒤흔들고 있는 그 거창한 문제를 놓고 감히 어떻게 쓸 엄두를 냈다는 것인가. 나는 한동안 손에 든 글을 내려다보고만 있었다.

전자계산기까지 동원해서 나는 원고지 매수를 계산해 보았다. 자그마치 200자 원고지 25장쯤이었다.

참 놀랍고도 어이없었다. 어떻게 고등학교 2학년짜리가 그렇게도 길게 쓸 수 있단 말인가. 나는 도무지 믿을 수가 없었다. 세계적으로 유명한 소설가들을 부러워하며 글 쓰고 싶은 욕망을 가슴속에 감추고 있었던 내 고등학교 2학년 때 가장 길게 썼던 글이 수필류의 고작 12매 정도였고, 콩트류로 6~7매씩 썼을 뿐이었다. 그리고 논술류의 글은 써 본 적이 없었다. 그런데 재면이 이 놈은 어찌 된 일인가.

그런데 세 번째 놀라움이 기다리고 있었다. 글을 읽어 감에 따라 그 놀라움은 풍선 부풀어오르듯 점점점점 더 커져 가고 있었다. 글을 다 읽고 났을 때 내 앞에는 장대한 어른 하나가 우뚝 버티고 서 있었다. 지금까지 보아 왔던 어린 재면이가 아닌, 자기 식견과 판단력을 확실하게 갖춘 강건한 사나이 조재면이 꿋꿋하게 서 있었던 것이다.

외출했던 아내가 현관에 들어서자마자 나는 큰소리로 말했다.

"여보, 당신은 좋겠다."

"왜에……?"

"글 잘 쓰는 손자 둬서."

"그래요? 잘 썼어요?"

신경이 쓰이고 있었던지 아내가 화들짝 반색을 했다.

"어지간한 신문사 논설위원 뺨치게 생겼어."

"어머머, 정말요?"

"자아, 읽어 봐."

나는 원고를 내밀고 돌아섰다.

"세상에, 나도 이렇게 못 써요. 재면이가 다 컸네요. 어른이 다 됐어요."

아내의 독후감은 나와 똑같았다. 재면이는 할머니 앞에서도 어제의 어린 손자가 아니라 정신 성숙한 군센 한 사나이로 버티고 있었던 것이다.

당시 나는 2년 후인 2019년 6월에 출간 예정인 세 권짜리 소설 준비에 여념이 없었다. 그러나 손자와의 약속을 지키기 위해서 그 일손을 잠시 멈추어야 했다.

손자가 선택한 그 문제를 놓고 나는 두 가지 과제 앞에 서게 되었다. 첫째 손자가 쓴 길이보다 짧아서는 안 된다. 둘째 손자의 예상을 넘어서 새롭다고 느낄 수 있도록 써야 한다.

나는 재면이의 글을 재차 읽어 나가면서 퇴고를 하기 시작했다. 그런데 띄어쓰기를 고치는 것 외에 손볼 문장이 별로 없었다. 어쩌다가 뜻이 유사하되 적확하게 쓰이지 못한 단어가 나타나 고치는 것 정도였다. 논리를 펼쳐 가는 문장은 이성적이었고, 비판을 가하는 문장들은 예리하고 정확하게 날을 세우고 있었다. 그리고 무게 있는 주제에 어울리게 동원되고 있는 단어들은 지적이고 전문적이었다. 그래서 역사 교과서의 국정화를 비판하는 부정적 논리는 설득력 있게 구축되어 있었다. 별로 고쳐 줄 것이 없는 글을 다시 바라보며 새삼스럽게 대견함과 자랑스러움을 느끼고 있었다.

며칠이 지나 내 글과 퇴고한 재면이의 글을 함께 보내주었다.

"글쎄, 어미 말이 재면이가 '아마 할아버지가 쓸 게 없으실걸' 했대요. 그리고 할아버지 글을 읽기 시작하면서 '내가 더 잘 썼을지도 모르겠다'는 생각을 했대요. 그런데 차츰 읽어 가면서 점점 '어, 어, 이게 아닌데' 하는 생각이 들었고, 그리고 끝부분에서는 제가 전혀 생각하지 못했던 것으로 글이 끝나더라고 하더래요."

아내가 며칠 후에 전해 준 말이었다.

"건방진 놈!"

그러면서 나는 웃었다. 나는 더없이 마음이 흡족했다. 할아버지와 손자는 그렇게 글로써 '대화'하기 시작했고, 국가와 사회의 중대사를 놓고 문자로 이루어진 대화는 그렇게 성공을 거두고 있었기 때문이다.

재면이는 중간고사, 기말고사, 모의고사 같은 것을 치르며 그 사이사이에 시간을 내어 계속 글을 써 보냈다. 그런데 또 놀라운 사실이 발견되었다. 새 글을 보낼 때마다 그 길이가 짧아지는 것이 아니라 점점 더 길어지고 있었다. 할아버지를 골탕 먹이려고 아주 작정을 한 것 같았다. 그러나 길게 쓰는 것 하나는 자신하는 터라 내 글도 손자의 길이만큼 더 길어지고 있었다.

끝의 두 가지 글은 200자 원고지 50매에 이르니, 이걸 누가 고등학생이 쓴 글이라 하겠는가. 할아버지는 고등학생 때의 자신을 돌아보며 마냥 부끄럽고 면목 없을 따름이었다. 그 면구스러움을 모면하기 위해서 그저 손자보다 길게 쓰려고 기를 썼다. 재면이가 이제 고3이 되었으니 필(筆)을 놓을 수밖에 없다.

이 책이 단순히 할아버지와 손자의 글쓰기 대화로 끝나지 않고 여러 사람들의 논술 쓰기에 조금이나마 도움이 될 수 있다면 더 바랄 것이 없겠다.

2018년 4월

ㅇ 4자회담 드디어 열리나.

한반도 문제를 광범위하게 논의할 4자회담이 머지 않아 열릴 것 같다. 남북한과 미국의 실무자들이 여러 차례 협의 끝에 마련한 잠정합의안을 북한이 수락했기 때문이다. 이 합의안은 본회담에 앞서 먼저 3자 준고위급회담과 4자 예 비회담을 열도록 되어 있다. 이에 따라 남북한과 미국은 오 는 30일 뉴욕에서 준고위급회담을 열고, 이어 중국 대표도 참가하는 예비회담을 8月초까지 열기로 예정하고 있다. 북 한의 잠정합의한 수락이 4자회담의 긍정적인 수용까지를 보 장하는 것은 아닐지라도 본회담 참가까지 내다본 수순이라면 제안된 지 14개월도 넘은 4자회담이 드디어 열리게 되는 게 아닌가 싶다.

이제까지 북한이 4자회담을 못마땅하게 생각해온 것은 분명하다. 늦게나마 이를 수용하는 태도를 보인 것은 북한이 심각한 식량난을 해결할 길을 달리 찾지 못해서일 것이다. 4자회담을 수용해야 식량지원 문제를 논의할 수 있다는 남한 정부와 이에 공조하는 태도를 보여온 미국과 일본의 벽을 넘기가 만만찮았기 때문일 것이다. 그런 점에서 정부는 식량 난을 겪고 있는 북한을 4자회담에 끌어들이는 소기의 목적 을 달성했다고 볼 수 있다. 그러나 북한이 그런 사정으로 내키지 않는 회담장에 나오는 것이라면 성급한 예단일지 모르나 회담 진행에 성의를 보일지 어떨지 염려스럽기도 하다.

4자회담이 열린다면 그 사실만으로 정부는 북한에 대한 대대적인 식량 지원에 나서야 한다. 지원을 촉구하는 나라 안팎 의 목소리를 정부는 4자회담 수락을 구실삼아 피해왔기 때 문이다. 만일의 경우에 대비한 듯 회담이 열릴 경우 '논의

Clip's

할 수 있다'고 조심스러운 자세마저 취했다. 그러나 대통령은 여러 기회에 유보없이 '대대적인 지원을 하겠다'고 직접 얘기하곤 했던 것이다. 따라서 본회담이 열리면 바로 그 약속을 지켜야 한다. 또다시 회담의 진척 상황과 연계하려고 한다거나 하는 일은 있을 수 없다. 그것은 혹시 회담 진전에 도움을 줄지 몰라도 그보다 더 큰 신뢰를 잃는 결과가 되고 말 것이다.

4자회담은 남한을 배제하고 미국과의 접촉만을 추구해온 북한을 남북이 같이하는 자리로 끌어내기 위해 제안되었다. 남북문제를 풀어갈 최선의 틀이라고 하기는 어려워도 유력한 방안임에는 틀림없다. 회담이 열리고 또 좋은 합의를 얻어낸다면 전쟁 가능성이 높은 곳으로 꼽혀온 한반도에 평화정착을 기약해 볼 수도 있을 것이다. 그러나 서로 마음을 열고 화해하는 자세 없이 회담장에서 몇 마디 말을 주고 받는다고 이런 결과를 얻어낼 수는 없는 것이다. 4자회담이 열린다는 사실을 반기면서도 우리가 이것만으로 남북문제가 풀릴 수는 없다고 믿는 이유이다.

한겨레 2015년 3월 5일

사설

'김영란법', 성급한 흠집내기를 경계한다

'김영란법'(부정청탁 및 금품 등 수수의 금지에 관한 법률)이 국회를 통과하자마자 개정해야 한다는 말이 나오고 있다. 대한변호사협회가 4일 헌법소원심판을 청구하겠다고 밝히는 등 위헌 논란도 본격화할 조짐이다.

법률이 시행도 되기 전에, 더구나 시행령이나 예규 등을 통해 실제로 어떻게 집행될지 구체적인 윤곽이 드러나기도 전에 이런 말들이 나오는 것은 성급할뿐더러 어색한 일이다. 국민의 절대다수가 김영란법의 취지와 그 대강에 찬성하는 마당에 괜한 흠집내기로 비치기 십상이다. 어렵사리 국회를 통과한 만큼 지금은 법이 제대로 시행될 수 있게 지혜와 노력을 다하는 것이 마땅하다. 수정과 보완을 한다면서 법 취지를 훼손하거나 예외조항 추가 등의 편법으로 법을 형해화시키는 일은 결코 없어야 한다.

그런 점에서 애초 김영란법의 또 다른 축인 '이해충돌 방지' 부분에 대한 입법을 서두를 필요가 있다. 원래 김영란법은 '부정청탁 및 금품수수 금지' 부분과 '이해충돌 방지' 부분이 함께 시행되도록 설계됐다. 국회 논의 과정에서 이해충돌 방지 부분은 위헌 우려가 크다는 이유로 미뤄졌지만, 처음 구상대로 이들 부분이 함께 종합적으로 시행되어야 부패 차단과 투명사회 실현이라는 목표가 온전히 이뤄질 수 있을 것이다. 추가 입법이나 개정 등 어떤 형태로든 같은 시점부터 시행될 수 있도록 해야 한다.

김영란법이 실효성 있게 집행되려면 이것 말고도 가다듬어야 할 점이 한둘이 아니다. 국회 심의 과정에서 졸속으로 언론 등 민간영역을 추가하는 바람에 이 법의 좋은 취지가 언론 탄압이나 길들이기에 악용될 위험에 대한 대비책 등은 전혀 마련되지 않았다. 검찰과 경찰의 권한이 크게 확대된 데 반해 이들의 자의적인 법 집행을 막을 장치는 허술하기만 하다. 국회 일각에서 적용 대상을 노조·시민단체·변호사 등 민간의 다른 영역으로 더 확대하자는 말도 나오는 모양이지만, 이는 지금보다 더한 '물타기'로 법을 무력화하려는 꼼수일 뿐이다. 국회의원 등 고위공직자의 부패를 완전 차단하자는 애초 입법 취지에 맞추려면 오히려 왜곡된 부분을 바로잡는 게 더 시급하다.

시행령을 통해 법 집행의 기준을 명확히 하는 일도 중요하다. 구체적인 문제들을 꼼꼼하게 담아 규율해야 법이 제 기능을 발휘할 수 있다. 실물경제에 끼칠 부작용을 최소화하면서 법 시행을 연착륙시키는 지혜도 필요하다. 무엇보다 이런 수정과 보완은 법의 실행력을 높이는 것이어야 한다.

중앙일보

2015년 3월5일 3

사설

김영란법, 시행 전에 반드시 보완해야 실효 거둔다

일명 '김영란법'(부정청탁·금품수수금지법)에 대해 보완 움직임이 일고 있다. 여야의 압도적인 찬성표로 통과된 지 불과 하루 만이다. 새누리당 유승민 원내대표는 4일 "입법의 미비점이나 부작용에 대해 겸허한 자세로 목소리를 듣고 앞으로 1년6개월의 준비 기간에 입법에 보완이 필요하면 하겠다"고 밝혔다. 이상민 국회 법제사법위원장도 언론 인터뷰에서 "공론화 과정을 거쳐 (문제가 있는 조항은) 개정해야 한다"고 말했다.

김영란법은 경제협력개발기구(OECD) 국가 중 하위권을 벗어나지 못하는 우리나라의 청렴도를 개선하기 위해 반드시 필요하다. 다만 대상과 처벌범위가 명확해야 한다. 또 이 법의 조항이 헌법과 형법 등 다른 법률과 충돌해선 안 된다. 이 법이 실효를 거두기 위해서라도 법 시행 이전에 문제점을 반드시 보완해야 한다.

우선 적용대상 중 공직자가 아닌 언론인과 사립학교 교원을 포함시킨 것은 위헌소지가 크다. 헌법 전문가 중 상당수가 위헌이라는 의견을 내고 있다. 반대로 국회의원 등 선출직 공직자와 정

당인은 광범위한 예외조항을 뒤 빠져나갔다. 국민 세금으로 보수를 받는 선출직 공직자야말로 이 법의 대상에 꼭 포함시켜야 한다.

더 큰 문제는 처벌 범위가 너무 광범위하고 애매모호하다는 것이다. 이 법은 100만원 넘는 금품·접대를 받으면 직무관련성·대가성을 불문하고 처벌하게 돼있다. 사회상규에 비춰볼 때 공직자가 100만원 넘는 돈을 받을 경우 당연히 처벌해야 한다고 본다. 그런데 100만원 이하라도 직무관련성이 있으면 과태료 처벌을 하게 돼있다. 현 공무원 윤리강령은 1회 접대비 한도를 3만원으로 정하고 있다. 이대로라면 소갈비에 소주 한 잔 걸쳐도 처벌 대상이 될 수 있다. 현재도 검찰은 대가성이 있는 경우 설렁탕·삼겹살집에서 접대받은 금액까지 뇌물액수에 포함해 기소하고 있다. 수사기관이 자의적으로 수사권을 남용할 소지가 다분하고, 가뜩이나 침체된 내수 경제는 직격탄을 맞을 것이다. 따라서 법 취지를 살리되 부작용을 최소화하려면 처벌 대상과 범위를 보다 명확히 규정해야 할 것이다.

Simple & Basic

1장

단 하나의 시각으로
역사를 해석할 수 있는가

역사 교과서 국정화 논란

'역사는 현재를 비추는 거울이다.' 우리는 매일 아침 거울을 보면서 여러 가지 생각을 한다. 물론 가장 중요한 것은 거울 속 자신의 얼굴을 가꾸는 일이지만 때로는 거울이 단순히 자신의 겉모습만을 비추는 것이 아니라는 생각이 들기도 한다. 사색에 잠겨 거울을 바라볼 때면, 거울은 현재의 나를 비춰 주면서 우리의 과거, 내면 등 숨겨져 있는 모습을 보여 주기도 하는 것 같기 때문이다. 그래서 우리는 자신을 되돌아볼 수 있고, 성찰할 수 있고, 그래야만이 그 과정 속에서 발전할 수 있다. 우리 사회도 마찬가지이다. 앞으로 나아가기 위해서는 스스로에 대해서 잘 알아야 한다. 본보기를 통해 비춰 보면서 되돌아보고, 성찰해야 한다. 그 본보기, 그 거울이 바로 역사이다. 그것이 성공의 역사이든 실패의 역사이든 간에 현재의 우리 사회를 비춰주어 길을 알려 줄 표지판이 역사이다. 그만큼 역사가 우리에게 주는 의미는 특별하다. 특히 젊은 계층, 학생들에게 역사를 가르치는 것은 앞으로 우리 대한민국 사회의 표지판을 가르쳐 주는 것이나 다름이 없는 일이다. 그래서 2017년 현 시점, 그 다양한 과목 중에서 '역사'가 중요시되는 것이고, 이를 바라보는 가치관의 미묘한 차이도 민감하게 작용되는 것이다. 이런 흐름에 따라 '역사 교과서' 국정화 논란이 대국민적 관심의 중심에 서 있는 것이다.

역사 교과서 국정화를 외치는 목소리가 조금씩 등장했던 것은 2013년 8월 교학사 역사 교과서가 논란에 휩싸이면서부터였다. 일부 진보 역사가들이 '친일 미화, 독재 옹호' 등의 문제를 제기하며 교학사가 바라보았던 역사에 대한 시각을 문제 삼았다. 이에 보수 역사가들은 역사를 바라보는 시각은 다양할 수 있다며 반박했고, 이후 국정화 논란은 꾸준히 수면 위로 오르내리며 화제의 중심에 서게 되었다. 그러던 중 2년 뒤인 2015년, 마침내 정부는 공식적으로 역사 교과서를 국정화하겠다고 발표했다. 국가 고위 권력 집단의 회의만을 통해 결정된 반쪽짜리 발표로 민심을 혼돈의 도가니, 또 모든 언론을 토론의 장으로 만들었지만, 그 후 정부는 2017년 현재까지 막무가내로 정책을 추진 중이다.

이러한 논쟁의 중심에서 대다수의 언론들은 국정 역사 교과서를 '박근혜 교과서', '복면 교과서' 등으로 칭하면서 정부를 비판하고 있다. 그런데 사실 권력을 견제하고 민심을 대변해야 하는 언론의 입장을 고려해 보았을 때 이러한 비판은 정당한 것이라고 할 수 있을 것이다. 아니 오히려 국정 역사 교과서 정책을 추진하는 정부의 행보는 국민을 무시하고, 기만하고, 개·돼지로 취급하는 것이나 다름이 없다. 전국 5,500여 초·중·고교 중 단한 곳만이 국정 역사 교과서를 신청했다는 사실에서도 볼 수 있듯이 이미 국정 역사 교과서가 국민과 학생·학부모들로부터 버려진 지 오래이다.

고등학교를 다니는 대한민국의 학생 중 한 사람으로서 국정 교과서에 반대하는 것은 어찌 보면 당연한 일이다. 그 이유를 4가지로 정리해 보았다.

1. 역사를 재단하려는 정부

국정 교과서의 핵심은 정부가 역사 해석의 독점권을 쥐겠다는 것이다. 그리고 그 획일화된 해석을 자라나는 학생들에게 가르쳐서 그것이 마치 진실이라고 믿으며 공부하게 만들 것이다. 이렇게 학생 때 배운 지식과 가치관은 한 인간의 인생에 큰 영향을 미치는 가치관으로 주입되어 평생을 기억되는데, 이는 '정부의 일방적 견해가 젊은이들의 뇌를 조종'하게 되는 결과가 된다.

또, 역사학의 본질을 고려할 때도 이는 매우 잘못된 방법이다. '역사'는 해석의 학문이라고 불릴 만큼, 보는 이의 관점에 따라 얼마든지 달리 해석될 수 있다. 심지어는 같은 자료를 보고도 다른 입장으로 해석이 가능하기도 하다. 역사를 단 하나의 집단이 해석해서 편찬하겠다는 것은 역사라는 학문의 본질을 기만하는 행위이고, 다른 가치관을 가진 사람들을 묵살하는 행위이다.

이번 국정 역사 교과서의 공식 명칭은 '올바른 역사 교과서'라고 한다. 여기서 대체 '올바른'이라는 말이 무엇을 뜻할까? 그렇다면 지금까지의 역사 교과서는 모두 올바르지 않았다는 말인가? 아니 애초에 올바르다는 말이 역사학에 존재할 수 있는 말인가? 역사에 대한 해석을 정부라는 한 기관이 내린다면 공정성의 문제가 제기될 것은 당연하며, 특히 이번 국정 교과서를 주도하는 정부가 박근혜 대통령을 중심으로 한 정부라는 점에서 특수한 문제점이 생긴다. 그것은 대한민국 격동의 현대사에서 논쟁의 중심에 서 있는 박정희 전 대통령이 그녀의 아버지이기 때문이다.

2. 객관적 평가는 가능할까? (박정희 전 대통령)

학생이 선생님에게 감사의 표시로 먹을 것을 선물했다고 해보자. 불과 1년 전까지만 해도 크게 문제가 되지 않는, 오히려 예의를 갖춘 행위였지만 현재는 부정 청탁에 관한 법률인 '김영란법'이 제정되어 아무리 행동 동기가 순수한 마음에서 나왔어도 법적으로 처벌이 가능한 상황이다. 실제로 이러한 사건들이 많이 일어나 재판까지 진행되기도 했을 만큼 자신의 행위 동기와 그 결과가 일치하지 않는 경우가 많다. 그렇기 때문에 사람이 살아갈 때는 자신의 동기와 무관하게 모든 행동을 항상 조심해야 하고, 특히 높은 위치에 있을수록 더욱 행동에 신중해야 한다. 국정 역사 교과서를 우려하는 이유도 이와 비슷한 맥락이다. 박정희 대통령을 비롯한 대한민국 현대사에 등장하는 대부분의 인물들에 대해서는 아직 확고부동한 객관적 분석이 나오지 않은 상황이다. 즉 어느 경우보다 주관적인 해석이 가능한 것이다. 그런데 이 인물을 평가할 권한이 이 인물의 자식에게 주어진다면, 그것을 누가 동의할 수 있을 것인가.

더욱 우려되는 점은 박근혜 대통령의 과거 발언이다. 박근혜 대통령은 과거 방송에서 "5·16은 불가피한 최선의 선택이었다", "내가 정치판에 들어온 이유는 아버지의 명예 회복을 위해서이다" 등 그의 아버지를 향한 옹호 발언을 여러 번 한 바가 있다.

물론 자신의 아버지를 옹호하고 보호하는 일은 자식으로서 당연한 도리이지만 이러한 의식을 가진 상태로, 권력의 힘을 이용해 역사에 대한 평가를 일방적으로 내려 역사 교과서를 집필한다면 그 객관성 논란에서 벗어날 수 없을 것이다. 심지어 정작 배울 사람들은 이러한 정부의 행위에 동의하지도 않았는데 말이다.

3. 사고의 획일화

'획일화'는 국정 역사 교과서의 가장 큰 문제점 중 하나이다. 국정 역사 교과서가 전국의 모든 학교에 배부되는 순간 학생들은 모두 똑같은 교재로 똑같은 가치관을 배우게 된다. 그리고 그 과정에서 마치 CD가 구워져서 재생 버튼을 누르면 똑같이 재생되듯이 학생들의 뇌에는 정부의 일방적인 가치관이 주입되어 훗날 똑같이 재생될 것이다.

교육부에서는 '창의 교육', '민주적 시민 교육'을 교육 이념으로 내세우고 있다. 그러나 국정 역사 교과서를 들고 이러한 구호를 외치는 것은 참 모순적이지 않은가. 해석의 다양성을 배제한 채 획일화시켜 놓고 창의력을 강조하고, '독재 정권'에 대한 우호적인 서술을 해 놓고 민주 시민 의식을 중요시하는 것이야말로 얼마나 어불성설인가.

4. 교과서 부실의 우려

국정 역사 교과서는 2015년에 본격적으로 공론화되기 시작했다. 정부가 발표한 계획에 의하면 2016년 초부터 집필을 시작해 그해 말에 집필을 끝내고 2017년 초에 인쇄해서 바로 교과서로 사용하겠다는 것이다. 얼핏 보면 정상적인 준비 같지만 기존 검정 교과서들의 편찬 과정을 보면 이 국정 역사 교과서는 필연적으로 부실할 수밖에 없다고 예측할 수 있다. 통상적으로 교과서를 집필하는 데 걸리는 시간은 3년이고, 전체적인 준비 기간부터 생각하면 최대 5년이 소요된다. 게다가 국정 역사 교과서는 집필진 구성에도 난항을 겪었다. 전국 최대 역사학회인 한국역사연구회와 전국 최대 역사 교사 단체인 전국역사교사모임이 국정화를 거부하였고, 대부분의 역사학과 교수들도 국정화를 반대해 집필진 구성 자체가 되지 않았다. 그러다 보니 고등학교 교사로 고작 9개월 경력을 지닌 인물이 집필진에 포함된 것이 나중에 밝혀져 논란이 되기도 했었다. 결국 정부는 교과서 집필진을 공개하지 않은 채로 편찬을 진행했다. 이는 교과서 집필 과정이 국민에게 떳떳하지 못함을 스스로 증명하는 대목이며, 이렇게 억지로 구성된 집필진들이 양질의 교과서를 집필할 수 있을지 의문이다.

2017년 현재, 세계 교육의 흐름은 다양성을 존중하고, 창의력을 우선시하는 추세이다. 이런 흐름에 맞춰서 국정 교과서를 사용하는 국가들은 점차 줄어들고 있다. 북한, 필리핀, 베트남 등 아직 국정 교과서를 사용하고 있는 나라들은 손에 꼽을 만큼 적다. 반면 미국, 영국, 스웨덴, 프랑스 등 주요 선진국들은 검정 교과서는 물론이고 이제 교과서 자유발행제를 향해 나아가고 있다. 우리나라도 1974년 박정희 전 대통령이 국정 교과서를 편찬하였고, 점차 선진국을 향해 가면서 2011년에 마침내 검정 교과서로 바뀌었다. 그런데 2017년 우리나라는 다시 30년 전으로 되돌아가려 하고 있다. 교육적, 사회적, 정치적, 세계적으로 옳지 않은 교육을 들고 말이다. 진정으로 국가가 참교육에 대해서 생각하고, 글로벌 시대에 맞추어 인재를 양성하는 것이 목표라면 아버지를 위한 딸의 헌정 교과서보다는 대한민국 국민이 진정으로 원하는 교과서를 통한 교육을 하는 것이 옳을 것이다. 대한민국 학생들이 깨끗한 거울로 세상을 올바르게 비추어 보게 되기를 바란다.

역사는 꾸며지는 연극이 아니다

조정래

박근혜 전 대통령은 두 번 탄핵당했다. 첫 번째는 비선 최순실과 함께 국정 농단을 저지른 잘못으로 헌법재판소는 2017년 3월 10일 '대통령 박근혜를 파면한다'고 심판을 내렸다. 두 번째는 경북 문명고 학부모들이 제기한 '국정 역사 교과서 연구학교 지정 효력 정지 신청'을 대구지방법원이 2017년 3월 17일 받아들이는 판결을 내린 것이었다.

첫 번째 탄핵으로 박근혜는 대통령직을 잃고 청와대에서 쫓겨나는 최초의 대통령이 되었다. 그리고 대구지방법원의 판결로 박근혜 전 대통령이 야심차게 추진했던 국정 역사 교과서의 채택율은 0퍼센트가 되고 말았다. 특히 박근혜 전 대통령에게 절대적 지지를 보내왔던 경북과 대구에서 단 한 학교가 채택하려고 했던 것마저 무위로 돌아간 것은 그 의미가 아주 크다. 애초에 문명고 학부모들은 '국정 역사 교과서' 채택을 반대했다. 그러나 교장은 그 의견을 묵살하고 연구학교 지정을 밀어붙였다. 그 비교육적이고, 비민주적인 행위에 학부모들은 법적 행동으로 맞선 것이었다. 그 결과 채택율 0퍼센트가 된 것은 곧 박 전 대통령에 대한 전 국민적 불신이고 거부였고, 그건 국민이 내린 직접적 탄핵이기도 했다.

대통령이 마음먹고 추진한 일이 이런 식으로 국민의 전면적 외면을 당해 버린 일이 우리 헌정 사상 몇 번이나 될까. 아마도 최초의 일이 아닐까 싶다. 그런데 이런 무참한 결과는 그 일이 시작될 때부터 이미 예견되어 있었다. 모든 국민은 그걸 다 알고 있었는데, 단 한 사람, 박근혜 전 대통령만 모르고 있었던 것이다.

박 전 대통령이 유독 역사 교과서만 '국정'으로 되돌릴 의도를 드러내자 역사학계는 말할 것도 없고, 국민 대다수도 반대 의사를 나타냈다. 그건 '검정'을 넘어 '자유발행제'로 발전해 가는 세계적 추세에도 역행하는 것인 동시에, 역사를 한 특정 정권의 구미에 맞도록 변질, 왜곡시켜서는 안 된다는 인식의 표출이었던 것이다.

그럼에도 박근혜 전 대통령은 무슨 긴급 작전 명령을 내리듯이, 용감무쌍하게 돌격전을 감행하듯이, 자신이 얼마나 고집불

통인지를 입증하듯이 그 일을 가차없이 몰아붙였다. 그는 국민을 향해 '잘못된 교과서로 역사를 배우면 혼이 비정상이 된다'느니 하는 비논리적인 해괴한 말로 맞서며 강압적으로 역사 교과서 국정화를 밀어붙였다. 첫째, 집필진도 공개하지 않고 철저하게 밀실에서 집필을 강행했다. 둘째, 전문가도 아닌 뉴라이트 인사들이 집필진으로 동원되었다. 고등학교에 고작 9개월 근무한 교사가 집필진의 한 사람이었다는 것이 뒤늦게 밝혀져 세상을 놀라게 했다.

그리고 한 가지가 더 있다. 교과서의 집필 기간은 통상적으로 5년이 걸린다. 그런데 그 '국정 역사 교과서'는 2016년 초부터 집필을 시작하여 2017년에 교과서로 사용하겠다는 것이었다. 그렇게 허겁지겁 다급하게 만들어진 교과서는 어떻게 되었던가.

세상의 우려와 예상대로 그 교과서는 부실과 불량의 표본임을 드러냈다. 친일과 독재를 합리화하고 미화한 '박정희-박근혜 교과서'임을 적나라하게 보여 주고 있었다. 그리고 수백 가지 오류까지 나타나 그 일이 얼마나 졸속으로 진행되었는지도 여실하게 입증하고 있었다.

세계적으로 경제 발전과 민주화를 동시에 이룩한 나라로 평가받고 있는 국가에서 어떻게 그런 어이없고 어리석은 일이 벌어질 수 있는 것인가. 거기엔 명백하고도 자명한 이유가 있다. '내가 정치를 하게 된 이유는 아버지의 명예를 회복하기 위해서다.' 이건 박근혜 전 대통령이 서슴없이 한 말이다. 이 말의 어김없는 실천이 바로 역사 교과서 '국정화'였던 것이다.

애당초 인간 박근혜에게는 역사적 불명예를 뒤집어쓰고 있는 아버지에게 효녀 노릇을 해야 한다는 일념이 있었을 뿐이다. 관동군 친일파, 쿠데타 주도자, 유신 독재자, 이것이 박정희 전 대통령에게 내려진 역사 평가다. 딸 박근혜는 이 불명예를 대통령이 되어 벗겨 드리려 한 효녀였다. 개인적으로 볼 때는 이보다 더 가상하고 눈물겨운 일이 어디 또 있을 수 있겠는가. 이거야말로 『심청전』을 찜 쪄 먹을 인정가화가 아니고 무엇이랴.

그러나 자연인 박근혜가 크게 착각한 것이 있다. 지금은 저 봉건 시대가 아니라 민주 시대라는 사실이다. 우리의 조국 대한민국은 헌법을 위시해서 수많은 법으로 다스려지는 법치 국가인 것이다. 그 사실을 헌법 제1조는 명백하게 밝히고 있다. 헌법 제1조 1장 대한민국은 민주공화국이다. 2장 대한민국의 주권은 국민에게 있고, 모든 권력은 국민으로부터 나온다.

대한민국 국민으로서 이 준엄하고 엄숙한 선언을 모를 사람은 하나도 없다. 이 나라는 세계에서 문맹률이 가장 낮은 나라이며, 초등학교에 들어가면 누구나 헌법 제1조의 의미를 확실하게 배우고, 거듭 되새기게 되기 때문이다.

그런 우리의 헌법 제1조가 일깨우고 명심케 하려 했던 것은 무엇일까. 첫째, 대한민국의 모든 국민은 나라의 주인이다. 둘째, 주인은 주인으로서의 권한으로 모든 권력을 만들어 정치를 하고자 하는 자들에게 고루 나누어 준다. 셋째, 각각 권력을 위임

받은 자들은 국민의 의사에 따라 그 권력을 충실히 운용하여 살기 좋은 나라를 만들어라. 이것이 민주 정체이며, 민주 정치이며, 민주 국가인 것이다.

그런데 국민의 한 사람인 박근혜는 이 쉽고 당연한 사실을 몰랐거나, 무시한 채 대통령이 되고자 했다. 국민을 위해서가 아니라 아버지를 위해서, 그것이 바로 탄핵을 두 번이나 당해야 하는 비극의 뿌리였다.

그런 무개념, 몰인식의 소유자가 대통령이 되었다. 그것도 '제왕적 대통령제'라는 별명이 붙을 정도로 말썽이 많은 이 나라 대통령 자리에 올랐으니 어찌 되었을 것인가. 그야말로 제왕이듯 무소불위 권력의 칼자루를 거침없이 휘둘러 대기 시작한 것이었다. 그 대표적인 것이 '아버지의 원수 갚기'인 역사 교과서 국정화였다.

역사란 살아 숨 쉬는 생명체다. 왜냐하면 오늘을 사는 민족 성원, 국가 성원 들이 역사를 오늘을 비추는 거울로 삼고, 내일을 밝히는 등불로 삼기 때문이다. 그 생명성 때문에 역사는 진실과 객관과 불변을 자양분으로 그 맥박이 뛴다. 그런 역사를 감히 그 누가 변질시키고 왜곡시킬 수 있을 것인가.

그런데 박근혜는 대통령이 되자마자 무모하리만큼 용감무쌍하게 역사 도전에 나섰던 것이다. '역대 대통령들은 청와대에 들어서는 그 순간 자신의 권력이 5년이 아니라 50년쯤 갈 거라는 착각에 빠진다.' 꽤 오래전부터 세간에 떠돌아 온 말이었다. 박근혜 전 대통령도 그런 착각에 빠져 그의 법에 대한 무개념과 역사에 대한 몰인식이 더더욱 아버지 원수 갚기에 불을 붙였는지도 모른다. 그러나 50년 아니라 500년 권세를 누린다 해도 역사의 진실성과 객관성과 불변성은 끝끝내 제자리로 돌아가게 마련이다. 나침반의 바늘 끝이 어느 때 어떤 장소에서나 기어코 S극을 가리키듯이.

박근혜 전 대통령은 대통령의 권력을 발동시켜 역사 교과서를 자신의 뜻대로 고치면 그게 영원히 갈 거라고 생각했을까? 자신이 대통령에서 물러난 다음에도 그 교과서가 그대로 쓰일 거라고 믿었던 것일까? 자신의 임기는 5년일 뿐이고, 자신이 그랬던 것처럼 새 대통령이 그 교과서를 당장 폐기해 버릴 수 있다는 사실을 단 한순간도 생각하지 않았던 것일까? 그 어이없음과 어리석음이 하도 믿기지 않아 이런 부질없는 의문들이 자꾸 떠오르는 것이다.

그런데 박근혜 전 대통령은 짧은 임기 5년도 제대로 다 못 채우고 탄핵당한 다음 영어(囹圄)의 몸까지 되어 '국정 역사 교과서'의 채택률이 0퍼센트가 되었다는 소식을 전해 들었을 것이다. 그 심정이 어떠할까. 괘씸한 것들이라고 국민에게 역정을 낼까? 분하고 원통해서 아버지를 부르며 속으로 통곡을 할까? 최순실하고 저지른 '국정 농단'에서 자기 잘못은 아무것도 없다고 버티는 것처럼 역사 교과서 국정화 강행도 잘못된 일이 아니라고 강변하고 있을까?

그런데 이 대목에서 꼭 짚어야 할 사실이 있다. 그다지도 문제 많은 사람을 대통령으로 뽑은 것은 누구인가? 바로 국민이었다. 그러나 열 길 물 속은 알아도 한 길 사람 속은 모르더라고 '박정희 전 대통령의 따님'이 그 정도일 줄을 어이 알았으리. 국민은 그 잘못을 뉘우치느라고 엄동설한의 밤추위를 무릅쓰며 손에 손에 촛불을 켜 들고 광장에 모여 탄핵을 외쳐 대기 시작했던 것이다. 그 횟수가 무려 20회를 넘었고, 전국적으로 한뜻을 모은 사람들이 1,700만에 이르렀다. 그리고 대통령 박근혜를 탄핵하고, 구속해야 한다는 국민이 줄기차게 80퍼센트를 오르내렸다. 그를 대통령에 당선시킨 52퍼센트의 대다수가 그를 버린 것이었다.

그러나 그의 무능과 고집불통의 독단은 최순실과의 국정 농단과 역사 교과서 국정화 강행의 잘못으로 끝난 것이 아니었다. 세월호 사건을 그렇게 무감각하고 무책임하게 대응해 국민으로 하여금 국가에 대해 절망케 만들었고, 국민이 전혀 공감할 수 없는 상황에서 개성공단을 폐쇄해 버려 남북 관계를 냉전 시대보다 더 얼어붙은 파탄 상태로 몰아넣었고, 국민 그 누구도 모르게 결정된 사드 배치로 중국의 경제 보복이 날이 갈수록 심해지고 있어서 나라 경제가 풍전등화의 위기에 빠지게 만들었고, 피해 당사자들에게는 사전에 단 한마디 의논도 없이 돈 몇 푼으로 일본군 위안부 문제를 해결했다고 발표해 버려 민족 자존심을 훼손하는 새로운 상처를 입히기도 했다. 이 사건들은 대통령을 잘못 뽑으면 나라를 얼마나 망가뜨릴 수 있는지를 잘 보여 주는 증거들이다.

그러나 박근혜 전 대통령은 잘못만 한 것이 아니었다. 세 가지 큰 업적을 세웠다. 첫째, 탄핵을 성공시킴으로써 국민이 '나라의 주인'이라는 것을 생생하게 체험케 해 주었다. 둘째, 탄핵당하는 대통령의 몰골이 얼마나 처참한 것인지를 실감나게 보여 주었다. 셋째, 처음이 어렵지 앞으로 탄핵은 두 번이고, 세 번이고 더욱 쉽게 일어날 수 있다는 것을 새로 대통령이 되고자 하는 분네들에게 확실하게 일깨워 주었다. 그러므로 국정 역사 교과서 강행으로 탕진된 몇십 억의 국민 혈세를 너무 아까워하지는 말자. 수업료를 내지 않고 쉽게 얻어지는 교훈은 없는 법이니까.

역사 교과서 국정화 논란

'역사는 현재를 비추는 거울이다.' 우리는 매일 아침 거울을 보면서 여러가지 생각을 한다. 물론 가장 중요한 것은 거울 속 자신의 얼굴을 가꾸는 일이지만 때로는 거울이 단순히 자신의 겉모습만을 비추는 것이 아니라는 생각이 들기도 한다. 사색에 잠겨 거울을 바라볼 때면, 거울은 현재의 나를 비춰주면서 우리의 과거, 내면 등 숨겨져 있는 모습을 보여주기도 하는 것 같기 때문이다. 그래서 우리는 자신을 되돌아 볼 수 있고, 성찰 할 수 있고, 그래야만이 그 과정 속에서 발전 할 수 있다. 우리 사회도 마찬가지이다. 나아가기 위해서는 알아야 한다. 본보기를 통해 비춰보면서 되돌아보고, 성찰해야 한다. 그 본보기, 그 거울이 바로 역사이다. 그것이 성공의 역사이던 실패의 역사이던 간에 현재의 우리 사회를 비춰주어 길을 알려 줄 표지판이 역사이다. 그만큼 역사가 우리에게 주는 의미는 특별하다. 특히 젊은 계층, 학생들에게 역사를 가르치는 것은 앞으로 우리 대한민국 사회의 표지판을 가르쳐주는 것이나 다름이 없는 일이다. 그래서 2017년 현 시점, 그 다양한 과목 중에서 '역사'가 중요시 되는 것이고, 이를 바라보는 미묘한 가치관의 차이도 민감하게 작용되는 것이다. 이런 흐름에 따라 '역사 교과서'국정화 논란이 대국민적 관심의 중심에 서 있는 것이다.

역사 교과서 국정화를 외치는 목소리가 조금씩 등장 했던 것은 2013년 8월 교학사 역사교과서가 논란에 휩사이면서 부터 였다. 일부 역사가들이 '친일미화, 독재옹호' 등의 이유를 들면서 교학사가 바라보았던 역사에 대한 시각에 문제 였다. 이에 역사가들은 역사를 바라보는 시각은 다양할 수 있다며 반박했고, 이후 국정화 논란은 꾸준히 수면위에 오르내리며 화제의 중심에 서게되었다. 그러던 중 2년 뒤인 2015년, 마침내 정부는 공식적으로 역사 교과서를 국정화하겠다는 발표를 했다. 국가 권력 고위 집단의 회의만을 통해 결정된 반쪽짜리 발표로 민심을 혼돈의 도가니, 또 모든 언론을 토론의 장으로 만들었지만, 그 후 정부는 2017년 현재까지 꿋꿋히 정책을 추진중이다.

이러한 논쟁의 중심에서 대다수의 언론들은 국정 교과서를 '박근혜 교과서' '복면 교과서' 등으로 칭하면서 정부를 비하하고 있다. 그런데 사실 권력을 견제하고 민심을 대변해야하는 언론의 입장을 고려해 보았을 때 이러한 비하는 정당한 비판이라고 할 수 있을 것이다. 아니 오히려 국정 교과서 정책을 추진하는 정부의 행보는 국민들을 비하하고, 기만하고, 개.돼지로 취급하는 것이나 다름이 없다. 전국 5500여 초.중.고교 중 단 한곳만 국정 교과서를 신청했다는 사실에서도 볼 수 있듯이 이미 국정 교과서가 국민과 학생.학부모들로 부터 버려진지는 오래이다.

고등학교를 다니는 대한민국의 학생중 한명으로서 국정교과서에 반대하는 것은 어찌 보면 당연한 일이다. 그 이유를 4가지로 정리해 보았다.

1. 역사를 재단하려는 정부

국정 교과서의 핵심은 정부가 역사 해석의 독점권을 쥐겠다는 것이다. 그리고 그 획일화된 해석을 자라나는 학생들에게 가르쳐서 마치 진실이라고 믿으며 공부하게 만들 것이다. 이렇게 학생 때 배운 지식과 가치관은 한 인간의 인생에

~~어서 자신만의 가치관으로 적립되어~~ 평생울 기억되는데, 이는 ~~마치~~ '정부의
~~큰 영향을 끼치는 가치관으로 주입되어~~ 결과가 된다.
~~의견이~~ 젊은이들의 뇌를 조종'하게 되는 ~~셈이다.~~
일방적 견해가

또, 역사학의 본질을 고려할때도 이는 매우 잘못된 방식이다. '역사'는 해석
의 학문이라고 불릴 만큼, 보는 이의 관점에 따라 얼마든지 달리 해석될 수 있
다. 심지어는 같은 자료를 보고도 다른 입장으로 해석이 가능하기도 하다. 역사
를 단 하나의 집단이 해석해서 편찬하겠다는 것은 역사라는 학문의 본질을 기
만하는 행위이고, 다른 가치관을 자긴 사람들을 ~~무시하는~~ 행위이다.
묵살하는

이번 국정교과서의 공식 명칭은 '올바른 역사교과서'라고 한다. 여기서 대체
올바른 이라는 말이 무엇을 뜻할까? 그렇다면 지금까지의 역사 교과서는 모두
올바르지 ~~않~~는 말인가? 아니 애초에 올바르다는 말이 역사학에 존재 할 수
있는 말인가? 역사에 대한 해석을 정부라는 한 기관이 내린다면 공정성의 문제
가 제기될 것은 당연하며, 특히 이번 국정교과서를 주도하는 정부가 박근혜 대
통령을 ~~필두로한~~ 정부라는 점에서 특수한 문제점이 생긴다. 그것은 대한민국
중심으로 한
격동의 현대사의 논쟁의 중심에 서 있는 박정희 전 대통령이 그녀의 아버지이
~~라는 점이다~~ 기 때문이다.

2. 객관적 평가는 가능할까? (박정희 전 대통령)

학생이 선생님에게 감사의 표시로 먹을 것을 선물했다고 해보자. 불과 1년

전까지만해도 크게 문제가 되지 않는, 오히려 예의를 갖춘 행위이지만 현재는 부정, 청탁에 관한 법률인 '김영란 법'이 제정되어 아무리 행동 동기가 순수한 마음에서 나왔어도 법적으로 처벌이 가능한 상황이다. 실제로 이렇한 사건들이 많이 일어나 재판까지 진행되기도 했을 만큼 자신의 행위 동기와 그 결과가 일치하지 않는 경우가 많다. 그렇기 때문에 사람이 살아갈때는 자신의 동기와 무관하게 모든 행동을 항상 조심해야하고, 특히 높은 위치에 있을수록 더욱 행동에 신중해야한다. 국정 교과서를 우려하는 점도 이와 비슷한 맥락이다. 박정희 대통령을 비롯한 대한민국 현대사의 대부분의 인물들은 답이라고 정의 할 만큼 의 객관적인 분석이 안 나오지 않은 상황이다. 즉 어느 경우보다 주관적인 해석이 가능한 것이다. 그런데 이 인물을 평가할 권한이 이 인물의 자식에게 주어진다면, 누가 동의할 수 있을 것인가

더욱 우려되는 점은 박근혜 대통령의 과거 발언이다. 박근혜 대통령은 과거 방송에서 '5.16은 불가피한 최선의 선택이다.', '내가 정치판에 들어온 이유는 아버지의 명예회복을 위해서이다.' 등 그의 아버지를 향한 옹호 발언을 한 바가 있다. 물론 자신의 아버지를 옹호하고 보호하는 일은 자식으로서 당연한 도리이지만 이러한 의식을 가진 상태로, 역사에 대한 평가를 내려 교과서를 집필한다면 그 객관성 논란에서 벗어날 수 없을 것이다. 심지어 정작 배울 사람들은 이러한 정부의 행위에 동의하지도 않았는데 말이다.

3. 사고의 획일화

'획일화'는 국정 교과서의 가장 문제점 중 하나이다. 국정 교과서가 전국의 모든 학교에 배부되는 순간 모든 학생들은 똑같은 교재로 똑같은 가치관을 배우게 된다. 그리고 그 과정에서 마치 CD가 구워져서 재생 버튼을 누르면 똑같이 재생되듯이 학생들의 뇌에는 정부의 가치관이 정립되어 훗날 똑같이 재생될 것이다.

일방적인 *주입*

교육부에서는 '창의교육' '민주적 시민교육'을 교육이념으로 내세우고 있다. 그러나 국정 교과서를 들고 이러한 구호를 외치는 것은 참 모순적이지 않는가. 해석의 다양성을 배제한채 획일화 시켜 놓고 창의력을 강조하고, '독재 정권'에 대한 우호적인 서술을 해놓고 민주 시민의식을 중요시하는 것이야 말로 어불성설 아닌가.

인가. *언어냐*

4. 교과서 부실의 우려

국정 교과서는 2015년에 본격적으로 공론화 되기 시작했다. 정부가 발표한 계획에 의하면 2016년 초부터 집필을 시작해 2016년 말에 집필을 끝내고 2017년 초에 인쇄해서 교과서로 사용하겠다는 것이다. 얼핏보면 정상적인 준비 같지만 기존 검정 교과서들의 편찬 과정을 보면 국정 교과서는 필연적으로 부실할 수 밖에 없다고 예측 할 수 있다. 통상적으로 교과서를 집필하는 데 걸리는 시간은 3년이고, 전체적인 준비기간부터 생각하면 최대 5년이다. 게다가 국정 교과서는 집필진 구성에도 난항을 겪었다. 전국 최대 역사학회인 한국역사연구회와 전국 최대 역사교사단체인 전국역사교사모임이 국정화를 거부하였고, 대부분의 교수들도 국정화를 반대해 집필진 구성 자체가 되지 않았었다. 그러다 보니 고등학교 교사로 고작 9개월 경력을 지닌 교사가 집필진에 포함된 것이 나중에 밝혀져 논란이 되기도 했었다. 결국 정부는 교과서 집필진을 공개하지 않은 채로 편찬을 진행한 것이다. 이는 교과서 집필 과정이 국민에게 떳떳하지 못함을 직접 증명하는 대목이며, 이렇게 억지로 구성된 집필진들이 양질의 교과서를 집필 할 수 있을지 의문이다.

2017년 현재, 세계 교육의 흐름은 다양성을 존중하고, 창의력을 우선시하는 추세이다. 이런 흐름에 맞춰서 국정 교과서를 사용하는 국가들은 점차 줄어들고 있다. 북한, 필리핀, 베트남 등이 아직 국정화 교과서를 사용하고 있는 나라들은 손에 꼽을 만큼 적다. 반면 미국, 영국, 스웨덴, 프랑스 등 주요 선진국들은 검정 교과서는 물론이고 이제 교과서 자유발행제를 향해 나아가고 있다. 우리나라도 1974년 박정희 전 대통령이 국정 교과서를 편찬하였었고, 점차 선진국이 되면서 2011년에 마침내 검정 교과서로 바뀌게 되었다. 그런데 2017년 우리나라는 다시 30년 전으로 되돌아가려 하고 있다. 교육적, 사회적, 정치적, 세계적으로 옳지 않은 교육을 들고 말이다. 진정으로 국가가 참교육에 대해서 생각하고, 글로벌 시대에 맞추어 인재를 양성하는 것이 목표라면 아버지를 위한 딸의 헌정 교과서보다는 대한민국 국민이 진정으로 원하는 교과서를 통한 교육을 하는 것이 옳을 것이다. 대한민국 학생들이 깨끗한 거울로 세상을 올바르게 비추어 보게 되기를 바란다.

2장

기업은 사회적으로
어떻게 기능해야 하는가

가습기 살균제(옥시) 사태와 기업 윤리

조재면

　얼마 전에 흥미로운 광고를 하나 보았다. 마카다미아 회사에서 '비행기도 되돌린 땅콩!'이라는 문구로 땅콩의 막강함을 홍보한 것이다. 이는 '대한항공 땅콩 회항 사건'이 논란이 되었을 때 이를 저격한 광고였다. 당시 대중들의 반응은 폭발적이었다. 사회적 이슈를 잘 활용하여 광고를 만들었다며 마카다미아 회사의 아이디어에 찬사를 보냈다. 나도 풍자를 이용해 쌈박하다는 점에서 흥미로웠지만, 한편으로는 이 광고가 한국 기업들의 윤리가 잘 확립되지 않았다는 것을 보여 주는 적절한 사례라는 생각이 들었다. 대기업의 갑질 논란 파문으로 국가가 떠들썩할 때 이를 기민하게 이용하여, 기업의 이익을 추구하려는 자세가 과연 신선하다는 이유 하나만으로 넘어갈 수 있는 것이냐 하는 의문이 들었다.

과거부터 기업의 목표는 언제나 이윤 추구였다. 그래서 언제나 기업의 정책에는 성장이 우선시되었고, 오로지 돈만 많이 벌면 끝이라는 생각으로 운영을 해 나갔다. 하지만 점차 시대가 변하면서 성장 위주의 구시대적 기업 운영 방식으로는 살아남을 수 없게 되었다. 보다 장기적이고 지속적인 이윤을 추구하기 위해서는 기존의 경제적 측면과 아울러 사회적, 환경적 기업 이미지 등도 중시해야 하는 시대가 되었다. 즉, 기업이 이윤 추구와 함께 '사회 윤리'라는 것도 생각해 봐야 한다는 것이다.

최근에 일어난 '옥시'의 가습기 살균제 사태는 기업이 이윤 추구라는 본래의 목표에 극단적으로 다가가다 보면 결국 비극적인 결말을 맞이할 수밖에 없음을 여실히 보여 주고 있다.

생활용품을 제조·판매하는 회사인 옥시에서는 2001년 가습기 살균제를 개발하여 판매를 시작했다. 그런데 이후 2011년부터 원인 불명의 폐질환 환자들이 발생하게 된다. 이 질환으로 최소 143명이 사망했고 대부분의 사망자가 산모와 아기였다는 것이 특이점이었다. 이에 의사들은 원인을 찾고자 했고, 환자들이 공통적으로 가습기 살균제를 사용했다는 사실을 발견했다. 그리하여 피해자 가족들은 옥시를 상대로 소송을 제기하였지만 옥시는 사건을 덮고자 하며 자신들의 책임에 대해 무조건 묵살을 일삼았다. 그리고 6년이 지난 지금까지도 침묵하고 판매를 해 오다가 올해 초 언론에서 옥시 사건이 크게 다뤄지고 사회 이슈가 되면서 검찰은 전담 수사팀을 구성하여 수사를 제대로 진행하게 된다. 결국 옥시는 2016년 언론을 통해 공식 사과문을 발표했다. 하지만 소비자들은 이를 억지 사과라고 비판하고 분노하여 옥시 불매 운동으로까지 확대되었다.

언론에서 옥시 사태가 더욱 큰 이슈가 된 것은 이 사건이 우리 사회에 다양한 문제점을 던지고 있기 때문이다.

'기업의 책임, 의무?' '정부의 책임, 의무?'

결과적으로 말하면 이 사태는 기업과 정부 모두에게 잘못이 있다.

먼저 기업 측면에서 문제를 살펴보자면, 2001년, 가습기 살균제 개발 당시 PHMG(폴리헥사메틸렌구아니딘)라는 성분이 인체에 유해할 수 있다는 문제가 나왔는데도 불구하고 이를 묵살해 버리고, 인체에 안전하다는 문구를 부착하여 판매한 것이다. 그리고 피해자들의 소송에 조사를 받을 당시 실험 결과(해당 성분의 쥐 실험 보고서)를 은폐하고자 했고, 실험을 진행한 교수를 돈으로 매수하여 옥시 측에 유리한 실험 결과를 냈다는 것도 포착되었다. 뿐만 아니라 2011년 소송에 대한 형사 책임 회피를 위해 옥시의 기존 법인을 청산하고 새롭게 유한회사를 설립했다. 이렇게 옥시는 자신의 배만 불리기 위한 경영 방식과 피해 소비자들에 대한 무책임한 행동으로 대참사를 초래한 것이었다. 그리고 언론의 수면 위로 사건이 떠올랐는데도 피해자들에게 진정으로 사과를 하기는커녕 언론에 등 떠밀려 한 듯한 억지 사과로 국민들을 분노하게 만들기도 했다.

다음으로 정부 측면에서 살펴보자면, 일단 정확하게 검증되지 않은 가습기 살균제의 판매를 허용했다는 점이다. 그리고 2012년 소송 당시에 제품의 독성이 확인되어 제품 수거 및 판매 중단 명령이 내려졌음에도 불구하고 옥시를 상대로 한 제재는 수백~수천만 원의 과징금 부과라는 솜방망이 처벌에 그쳤다. 또한 2013년 까지는 수사도 제대로 진행되지 않았고, 피해자들의 치료비 및 피해 보상에 대해서도 기업에 압박을 가하지 않았다. 그런 상황에서 피해자들은 치료비를 사비로 지불했으며, 피해에 대한 보상조차 제대로 받지 못하는 형편에 처하게 되었다. 만일 정부가 정부로서 역할을 제대로 행하여 초기에 가습기 살균제 판매를 중단시켰든지, 아니면 추후에 정확한 조사를 하여 범법 사실에 대해서는 강력히 처벌하고 피해자들을 보호했더라면 옥시 사건이 지금처럼 큰 사회적 사건으로 번지지는 않았을 것이다.

　그러나 옥시 사태는 이미 엎질러진 물이 되어 버렸다. 이 사태의 잘못이 기업에 있는지, 정부에 있는지, 아니면 둘 다에게 있는지에 대한 논쟁이 계속되는 현시점에서 분명한 사실은 하나 있다. 우리는 이 안타까운 비극으로 인해 수많은 사람들이 고통받게 된 것을 그 전의 상태로 치유할 수 없다는 사실이다. 그렇다면 남은 일 중 우리가 가장 신경 써야 하는 것은 이 사태의 원흉에게 확실한 책임을 묻는 것이고, 다시는 이런 비극이 일어나지 않도록 철저하게 조처하는 것이다.

　나는 이 사태의 대부분의 책임은 기업에게 물어야 하며, 그 대가 역시 기업이 치러야 한다고 생각한다.

　시장경제 체제에서 기업과 정부는 가장 중요한 관계를 형성하고 있는 존재다. 기업은 정부와 협력함으로써 좋은 환경에서 기업의 목표를 달성하기 위해 다양한 시도를 할 수 있으며, 정부는 기업과 협력함으로써 기업의 운영과 기술을 바탕으로 국가의 성장을 이룩해 내는 기회를 가질 수 있다. 그래서 때로는 정부가 기업에게 보조금을 주기도 하고, 적정한 세금을 걷기도 하면서 상호 유동적인 관계를 유지해 나간다. 앞서 말했듯이 기업의 궁극적인 목적은 이윤 창출이다. 반대로 정부의 존재 이유는 사회적 후생의 실현이다. 이 둘은 서로의 목표라는 지점 앞에서 부딪

히게 된다. 무조건적으로 이윤을 창출하려는 기업과 그 기업을 건전하게 활동하게 해야 하는 정부의 입장에서 대립하게 된다. 한마디로 정부는 일종의 '감시자'라고 할 수 있고, 기업은 그 감시하에 종속되어 있는 '작은 단체'라고 부를 수 있다.

결국 정부는 어디까지나 협조적 감시자일 뿐이고, 기업은 정부의 통제 안에 있긴 하지만 어디까지나 주체적으로 움직일 수 있는 독립체이다. 기업의 이러한 자유로운 측면을 보았을 때, 기업의 행동이 기업의 결과물과 직접적으로 연관되어 있음은 물론이다. 결국 기업이 절대적인 책임을 가지고 있다는 점이다.

그렇다면 앞으로 이러한 사태를 어떻게 막을 수 있을까 하는 질문에 대한 답도 기업의 노력 여하에 달려 있는 것이다. 그리고 그 키워드는 '공자'가 우리에게 이미 제시해 놓은 것 같다.

공자는 누구보다도 경제 관념이 투철한 인물이었다. 제자들을 가르침에 있어서도 '경제'의 중요성과 이로움을 전했다. 다만 그는 이익만을 좇는 성장 중심의 경제는 철저히 반대했다. 그리고 이익에 앞서 '의로움'을 추구하는 것이 중요함을 강조했다. 공자에게 의로움이란, '사람으로서 지키고 행하여야 할 바람직한 도리'였다. 그리고 경제 활동에서의 '의로움'은 신용, 성실, 정직 등과 같은 유교적 바른 도리를 의미했다. 『논어』에 이런 말이 나와 있다. "의롭지 않은 부귀는 뜬구름과 같다." 즉, 의롭지 않은 경제 활동은 아무 의미 없는 소모에 지나지 않는다는 것이다.

공자가 강조하는 '의로움'에 대한 추구는 사람의 마음을 먼저 사로잡는 요소이다. 오늘날 기업은 사람의 마음을 잡기 위해 무수히 많은 마케팅 기법을 연구해 왔다. 기업이 바라는 바는 언제나 제품과 기업에 대한 호감도를 높이는 데에 집중해 있을 것이다. 그래서 공자의 '의'에 대한 추구는 현대 기업에게 다양한 시사점을 던져 준다. 현대 기업들은 이윤 추구에 앞서 '의로움'을 통해 기업과 제품의 호감도를 높여야 한다. 단순히 화려한 제품, 화려한 광고를 내세우는 것이 아니라 시민들에게 순수하고 진실하게 다가가 호감을 얻어야 한다. 이를 통해 소비자의 돈을 훔치는 것이 아니라 소비자의 마음을 훔쳐야 할 것이다.

소비자는 제품을 구입할 때 그 가치만큼의 대가를 화폐의 형태로 지불한다. 이때 이루어지는 경제 활동은 단순히 화폐를 통한 물물 교환의 형태가 아니다. 소비자는 자신이 구입한 제품과 그에 담긴 의미와 가치를 함께 구입하게 된다. 즉 제품 값을 지불하면서 제품에 담긴 기업의 노력과 신의를 인정하는 것이다. 명품이 높은 값에 거래되는 이유도 그 물건에 담긴 장인의 땀과 노력 그리고 신의를 높게 평가하기 때문이다. 한마디로 기업의 신의가 담겨 있어야만 제품이 진정한 제품으로서 소비자들의 품으로 가는 것이다.

기업이 이렇게 제품에 신의를 담으려면 '의로움'이 있어야 한다. 언제나 소비자를 위한다는 마음으로 정직하고 바르게 생산에 임하여야 한다. 그래서 서로 의로운 경제 생활을 이뤄야 한다.

이처럼 기업에 '의로움'이 강조되면 기업과 소비자에게 서로 이익이 된다. 기업은 소비자들의 마음을 살 수 있어 신뢰받는 기업이 되고, 이는 궁극적으로 더 많은 이윤을 낳을 것이고, 소비자들은 진심이 담긴 제품을 구매함으로써 제품 그리고 기업을 믿고 이용할 수 있게 될 것이다.

어떤 인간이든 원칙과 신념이 없으면 한 극단으로 치우치게 되며 부정을 서슴지 않게 될 가능성이 높다. 오늘날 기업들도 마찬가지이다. 이윤 추구에 앞서서 올바른 기업 문화를 설정하는 것이 중요해 보인다. 나는 유교적인 윤리관인 '의로움'이 그 해답일 거라는 생각이 든다.

기업은 결국 개인이 모인 집단이다. 리처드 도킨스의 저서 『이기적 유전자』에서 말했듯이 개인은 이기적인 존재이다. 그리고 그 이기심은 끝이 없다. '보이지 않는 손'을 기반으로 하는 시장 경제 체제에서 개인의 욕심이 앞설 경우 '윤리'와 '도덕'은 철저하

게 무시된다. 그러면 결국 이것이 기업의 윤리 의식 붕괴로 이어
질 것이다. 따라서 언제나 기업의 이윤 추구 이전에 '의로움'이 있
어야 한다는 사실에 집단이 공감하고 기업 문화로 정착시키려
는 노력이 제2, 제3의 옥시 사태를 막을 수 있을 것이다. 그리고
이것이 드디어 기업이라는 비행기를 올바른 활주로에 올려 놓아
대한민국이 보다 가치 있는 도약을 이뤄 내는 데 도움을 줄 것
이다.

돈이 벌인 집단 살인극

조정래

'옥시의 가습기 살균제 사태'가 전 사회적인 문제로 대두된 것은 2016년 7월이었다. 그런데 1년이 조금 더 지났을 뿐인 지금쯤 그 사건을 기억하고 있는 사람들이 얼마나 될까. 뜻밖에도 많지 않은 것에 놀라게 된다. 그보다 2년 전에 일어난 '세월호 사건'을 거의가 다 기억하는 것과는 대조적이다. 거기엔 분명한 이유가 있다. 대한민국 헌정 사상 '최초의 대통령 탄핵 사태'를 불러온 박근혜·최순실의 '국정 농단' 사건 때문이었다. 그 정치 사건의 거친 파도가 온 세상을 뒤덮으면서 두 사건의 운명은 달라지게 된 것이었다.

세월호 사건은 희생된 학생들의 부모들이 혼신을 다한 줄기찬

투쟁을 전개해 와 국민 모두가 잊지 못하게 함과 동시에, 대통령의 직무유기를 따지는 정치 쟁점화에 성공했던 것이다. 거기다가 텔레비전의 드라마 시청률이 곤두박질치고, 서점가에 때 아닌 불황이 몰아닥칠 정도로 전 국민의 관심이 집중된 박근혜·최순실 사건이 날이 갈수록 샅샅이 드러나면서 세월호 사건도 다시금 화제의 중심에 등장했다. 그건 다름 아닌 '바다로 가라앉아 가는 배 속에서 300명이 넘는 청소년들이 살려 달라고 외쳐 대고 있는 그 절박한 시간에 대통령은 어디서 무엇을 하고 있었는가' 하는 '7시간의 수수께끼'가 또다시 뜨겁게 쟁점이 되었던 것이다.

그러나 옥시의 가습기 살균제 사건은 그 반대의 운명에 처했다. 관련자의 법적 처벌과 피해자 보상 등을 거쳐 사건이 일단락되면서 1차적으로 사회적 관심에서 멀어졌다. 그리고 밀어닥친 박근혜·최순실 사건의 파도에 휩쓸리면서 대중 망각의 단계에 접어들고 말았다.

그렇지만 그 사건이 이렇게 빨리 잊혀도 괜찮은 사건일까……. '쉬운 망각은 그런 사건을 다시 되풀이하게 만든다.' 우리 인간 역사의 일깨움이다. 옥시의 그 가습기 살균제 사건은 결코 그렇게 쉽게, 빨리 잊어서는 안 되는 사건이다. 그 사건은 우리들이 겪어 온 그 어떤 참사보다도 심하고 참혹했기 때문이다. 그리고 그 사건은 우리의 자본주의 사회, 부실한 국가, 그리고 양심 없는 지식인 집단이 야합해서 일으킨 끔찍스러운 살인극이었기 때문이다.

괴롭지만 이 시점에서 그동안 우리가 겪어 온 사회적·국가적 참사들을 다시 상기해 볼 필요가 있다.

사건명	발생 연도	사망자 수
4·19 혁명	1960년	272명
5·18 광주민주항쟁	1980년	376명
삼풍백화점 붕괴	1995년	502명
대구지하철 화재	2003년	343명
세월호 침몰	2014년	304명
옥시 가습기 살균제	2016년	571명

이 사고 중 삼풍백화점 붕괴 사고의 사망자는 502명으로, 6·25전쟁 이후 가장 큰 인적 재해로 판정을 받았다. 그런데 옥시 가습기 살균제 사건은 그보다 69명이나 더 많아 최고 기록을 갈 아치우며 6·25 이후 최대 참사의 자리를 차지하게 되었다. 그리고 요행히 죽음은 면했으나 폐가 상하는 치명적인 중병에 걸린 피해자는 자그마치 2,246명이나 되었다(2018년 정부 공식 집계: 사망 925명, 총 피해 3,995명). 그러나 이것으로 모든 게 다 종결된 것일까? 아니다. 드러나지 않고 잠복되어 있는 피해자는 훨씬 더 많다는 사실을 우리 모두는 잊어서는 안 된다.

그럼 이다지도 끔찍스러운 살인 행위를 저지른 회사는 도대체

어디인가? 옥시레킷벤키지가 바로 그 회사이다. 옥시레킷벤키지
는 세계적인 종합 생활용품 업체로 영국 버크셔 주에 본사를 두
고 있다. 그러니까 자본주의 글로벌 시대에 어울리게 영국의 다
국적 기업이 한국에도 진출해 그런 가공할 살인극을 연출했던
것이다. 돈을 많이 벌기 위해서.

'영국=신사의 나라.' 우리들의 뇌리에 깊이 박혀 있는 고정관
념이다. 그런데 어찌 신사의 나라가 그렇게도 무시무시한 살인극
을 벌일 수 있단 말인가. 이 수수께끼 풀이는 난해하기만 하다.

그러니까 가습기 살균제에서 어떤 물질이 그런 끔찍한 사태
를 일으키는지 밝히는 것이 먼저다. 가습기의 물안개를 타고 사
람들의 호흡기로 스며들어 죽음의 마수를 뻗치는 유해 물질은
PHMG(폴리헥사메틸렌구아니딘), PGH(프로스타글란딘)였다. 그
독성 물질은 EU(유럽연합)에서는 일찍부터 생활용품에 사용이
금지된 퇴출물이었다. 영국은 물론 EU 국가다. 그러므로 영국에
서 생산되는 가습기 살균제에는 PHMG나 PGH를 쓰지 않았다.
그런데 한국에서는 2001년 이후 2016년까지 15년 동안이나 그
독성 물질로 가습기 살균제를 만들어 내 그렇게 많은 사람들을
병들고, 죽게 해 가면서 막대한 돈을 벌어들인 것이었다.

영국은 왜 한국에서 이런 비인간적이고 비양심적인 행위를 자
행했던 것일까. 아니다. 어찌 한국에서만 그랬을 것인가. 그 글로
벌 기업은 돈벌이의 촉수를 총동원해 한국처럼 국민 보건 정책
수행이 허술하고 무관심한 나라들을 샅샅이 찾아내서 탐욕의

낙지발을 수없이 뻗어 가며 달러를 그러모았을 것이다. 저 옛날 무차별적으로 식민지를 확대해 가며 억압과 강탈을 일삼았던 것처럼. 그리고 그들은 그 용서받지 못할 만행을 오히려 '영국은 해가 지지 않는 나라'라고 뻔뻔스럽게 자랑하기까지 했다.

문명국이고 인권을 존중할 줄 아는 나라인 줄 알았던 영국의 기업이 왜 그런 살인적 만행을 저질렀을까. 그 이유는 너무나 자명하다. 돈 때문이었다. 몇천 년 전부터 오늘날까지 이 세상의 모든 기업들은 이윤 추구를 존재 목적으로 한다. 그 절대 불변의 사실 앞에서 영국의 기업은 수단과 방법을 가리지 않기로 작정하고, 기업 양심을 쓰레기통에 처박아 버린 것이다.

그럼 영국의 기업 옥시레킷벤키지만 나쁜가? 그에 못지않게 나쁜 데가 또 있다. 국민의 건강을 지키라고 존재케 하는 여러 정부 기관이 그들이다. 이 나라 보건복지부, 환경부를 필두로 해서 그 산하기관의 수많은 공무원들은 위험한 가습기 살균제에 대해 오랜 세월 동안 감시 감독을 소홀히 했고, 피해가 눈앞에 분명하게 드러났는데도 그 특유의 무감각은 계속되었던 것이다.

이 나라 환경부는 1997년 3월 독성물질 PHMG의 유해성 심사에서 무해하다고 통과시켜 주었다. 이것은 국민의 세금이 먹여 살리는 공무원 집단이 내보인 무지와 무책임의 극치였다.

그리고 2002년 6월 가습기 살균제의 최초 사망자가 발생했다. 다섯 살 먹은 여자아이였다. 그런데도 환경부는 2003년 6월 또 다른 독성물질 PGH를 다시 무해하다고 심사를 통과시켰다. 국가 기관의 이런 상황 조성으로 여러 업체들은 '가습기' 뒤에다 그럴싸한 이름을 붙여 대며 앞다투어 '살인 상품'을 시장에 내놓기에 바빴다. 그러는 동안 원인 미상의 폐렴 환자는 해마다 늘어나고 있었다. 그러다가 2008년 7월에는 사망자가 36명이나 발생했다. 그러고도 3년이나 지나 2011년 8월에 이르러서야 보건복지부는 '가습기 살균제가 원인 미상 폐 손상 요인으로 추정된다'고 발표했다. 국민들이 해마다 병들고, 죽어 가고 있는데 국민의 건강을 책임진다는 보건복지부가 늑장을 부릴 대로 부리다가 내놓은 결론이 '확정'이 아니라 '추정'이었다. 이것이야말로 공무원의 '무' 자 돌림 고질병 중의 하나인 '무능력'의 표본이 아닐 수 없었다.

이런 국민 기만 행위, 배신 행위가 자행되고 있는 와중에 전문가라는 대학 교수들도 합세했다. 서울대학교 수의학과 조 아무개 교수는 '옥시 측으로부터 연구비 2억 5,000만 원과 추가로 1,200만 원을 더 받고, 옥시 측에 불리한 부분은 은폐하고 유리한 데이터만으로 독성 실험 보고서를 작성해 주었다.'

이런 불신 상황 속에서 피해자 가족들은 마침내 2012년 1월 국가와 제조·판매 업체를 상대로 첫 손해 배상 민사 청구를 제기했다.

이렇게 되자 보건복지부에서는 책임을 모면하려는 듯 동물 실험 결과 최종 발표에서 PHMG와 PGH의 독성을 확인했다. 그리고 5개월이 지나서 7월에 안정성 허위 표시 판매사에 고작

5,100만 원의 과징금을 부과했다. 그동안 병들고, 죽어 간 국민들의 수가 얼마인데.

불신감이 더 커진 피해자 모임은 검찰에 가습기 살균제 제조·판매 업체를 처음으로 형사 고발을 하고 나섰다. 이런 상황 전개 속에서 기막힌 일이 벌어지고 있었다. 옥시레킷벤키저가 기존 법인을 해산하고 유한회사를 새로 설립해 모습을 둔갑시킨 것이었다. 처벌을 모면하기 위한 기민한 대처였다. '조직 변경으로 기존 법인이 없어졌을 경우 그 책임이 새 법인에 승계되지 않는다'는 법원 판례가 있었던 것이다. '신사의 나라' 영국 회사가 도모한 영리한 짓이었다.

이런 와중에 또 다른 교수님께서 실험 결과를 다시금 왜곡하고 나섰다. 호서대 유 아무개 교수가 옥시에서 역시 돈을 받은 것이었다.

그런데 또 엉뚱한 일이 벌어졌다. 고발을 받은 검찰이 "피해 조사 결과가 나와야 수사할 수 있다"며 기소 중지를 결정한 것이었다. 2013년 2월의 일이었다. 이에 발맞추듯 4월에 보건복지부는 '피해자 CT 촬영 등 보완 조사 요구'를 거부했다. 그리고 5월 국회에서는 야당이 요구한 가습기 살균제 청문회에 대해 여당의 최경환 원내대표가 "수사해서 처벌할 사안이지 국회가 정치적으로 갑론을박할 사안인가" 하고 일축해 버리는 바람에 가습기 살균제 처리 및 구제 법안은 표류를 면치 못하게 되었다.

국민의 생명과 재산을 지키라는 절대 임무를 수행하라고 존재케 한 대한민국의 입법·사법·행정부는 이렇게도 발을 착착 잘 맞추며 국민 무시와 국민 배신에 길들여져 있었던 것이다. 이런 작태야말로 대한민국이라는 나라가 얼마나 야만 국가이며, 무법 국가인가를 입증하는 것이었다. 이런 엉망진창의 국가를 바라보면서 돈을 쉽게 벌어들인 영국 회사는 배를 두들기며 얼마나 통쾌한 웃음을 장쾌하게 웃어 댔을 것인가.

이런 상황 속에서도 가습기 살균제는 연간 60만 개씩 팔려 나가고 있었다. 그러면서 병들고, 죽어 가는 사람들은 자꾸 늘어나고 있었다.

국가 기관들의 배신 속에서도 피해자 가족들은 진실 규명을 위한 싸움을 멈추지 않았다. 제조 회사에 대해 살인 혐의로 2차 형사 고발을 했고, 영국의 옥시 본사까지 찾아가 항의를 전개했다. 이에 따라 서울중앙지검은 2016년 1월 가습기 살균제 수사팀을 확대 구성하기에 이르렀다.

이 과정에서 또 하나의 놀라운 사태가 발생했다. 옥시에서는 법망을 빠져나가기 위해서 변호사를 선정했다. 그것은 다름 아닌 그 유명한 대형 로펌 김앤장이었다. 그런데 그들은 "가습기 살균제 사용자의 폐 손상 원인이 봄철 황사 때문일 가능성이 있다"는 의견서를 검찰에 제출했다. 수많은 변호사들로 이루어져 승소율 높기로 소문난 대형 로펌 김앤장도 그 '집단 살인극'의 일원이 되기를 서슴지 않았다. '좋은 일, 나쁜 일 가리지 않는 로펌의 행태'를 그들은 유감없이 보여 주었던 것이다. 왜 그랬을까.

그들 역시 돈 때문이었다.

기업만 돈을 많이 벌기 위해서 사람을 죽이는 독성 물질을 넣어 제품을 만드는 것이 아니었다. 사람을 사람으로 존중하고, 보호하라고 국법은 있는 것이고, 그 국법을 엄히 수호해야 할 의무와 책임이 있는 것이 법조인이라는 존재들이다. 그런 법조인의 한 축을 이루는 변호사 집단인 거대 로펌이 수많은 살인을 저지른 기업을 편들고 나섰다. 똑같이 돈 때문에 양심도 팔고, 영혼도 팔아 버린 변호사님들과 살인 기업과, 누가 더 나쁠까.

그리고 일반 서민들이 감히 엄두를 낼 수 없는 거금으로 교수님들도 회유하고, 거대 로펌도 쉽게 손아귀에 넣은 부도덕한 다국적 기업이 딴짓은 하지 않았을까. 세계적으로 부패지수가 높은 대한민국의 입법·사법·행정부의 관계자들을 가만 내버려 두었을까. 가습기 살균제 문제를 놓고 그들이 저지른 여러 행투들을 찬찬히 살펴보노라면 기업 쪽의 능란한 로비의 그림자가 어른거리는 느낌을 도무지 떼칠 수가 없다.

교육부의 어떤 국장 나리께서는 국민을 "개 돼지"라고 공언했다. 국민들이 정말 개 돼지라서 나라만을 믿고 가만히 있었더라면 지금쯤 어떻게 되었을까. 아마도 가습기 '살균제'가 아니라 '살인제'를 계속 흡입해서 사망자가 수천 명이 되었을지도 모른다. 앞에서 익히 확인했듯이 국민들은 국가 기관 종사자들처럼 그렇게 무지, 무능력, 무책임하지 않았다. 그래서 그 끔찍스러운 살인극을 그나마 막아 낼 수 있었던 것이다.

이제 전 세계를 지배하는 유일 경제 이념은 자본주의뿐이다. 그것은 앞으로 더욱더 기승을 부릴 것이다. 그래서 '바다는 메워도 사람 욕심은 못 메운다'는 속담을 낳게 한 인간들은 돈을 더욱 살아 있는 신으로 떠받들게 될 것이다. 그런 살벌한 시대에 이윤 추구를 본질로 하는 기업들에게 '기업 윤리'를 지키라고 하는 것은 참 부질없는 잠꼬대일지도 모른다. 교수님들도 변호사님들도 다 그 지경인 판에. 옥시 가습기 살균제 사건은 갈데없이 불의한 세력들이 합작한 집단 살인극이었다. 그런데 그러한 사태가 또 벌어질지도 모른다는 불안감을 쉬 떼칠 수가 없다.

왜냐하면 인간의 탐욕이란 인간의 힘으로 제거할 수 없는 본성이기 때문이다. 정치인이 정직하기를 바라는 것은 사자가 온순하기를 바라는 것과 같다. 마찬가지로 인간이 돈 앞에서 양심적이기를 바라는 것은 하이에나가 고깃덩이 앞에서 얌전하기를 바라는 것과 같지 않으랴.

가습기 살균제(옥시) 사태와   기업윤리

얼마전에 흥미로운 광고를 하나 보았다. 마카다미아 회사에서 '비행기도
되돌린 땅콩!' 이라는 문구로 땅콩의 위대함을 홍보한 것이다. 이는 대한항공
땅콩회항 사건이 논란이 되었을 때 이를 저격한 광고였다. 당시 대중들의
반응은 폭발적이였다. 사회적 이슈를 잘 활용하여 광고를 만들었다며
마카다미아 회사의 아이디어에 찬사를 보냈다. 나도 풍자를 이용해 신박하다는
점에서 흥미로웠지만, 한편으로는 이 광고가 한국기업들의 윤리가 잘
고착되지 않았다는 것을 보여주는 적절한 사례라는 생각이 들었다. 대기업의
갑질 논란 파문으로 국가가 떠들썩 할 때 이를 긴밀하게 이용하여, 기업의
이익을 추구하려는 자세가 과연 '신선하다' 라는 이유 하나 만으로 넘어갈 수
있는 것이냐는 의문이 들었다.

과거부터 기업의 목표는 언제나 이윤추구였다. 그래서 언제나 기업의 정책에는
성장이 우선시 되었고, 단순히 돈을 많이 벌면 끝이라는 생각으로 운영을
해나갔다. 하지만 점차 시대가 변하면서 성장위주의 구시대적 기업 운영
방식으로는 살아남을 수 없게 되었다. 보다 장기적이고 지속적인 이윤을
추구하기 위해서는 기존의 경제적 측면과 아울러 사회적, 환경적, 기업이미지

등도 고려해야 하는 시대가 되었다. 즉, 기업이 이윤추구에 앞서서 '윤리'라는
것도 생각해봐야한다는 것이다.

최근에 일어난 '옥시'의 가습기 살균제 사태는 기업이 이윤추구라는 본래의
목표에 극단적으로 다가가다보면 결국 비극적인 결말을 맞이 할수밖에 없음을
여실히 보여주고 있다.

생활용품을 제조·판매하는 회사인 옥시에서는 2001 년 가습기살균제를
개발하여 판매를 시작했다. 그런데 이후 2011 년부터 원인불명의 폐질환
환자들이 발생하게 된다. 이 질환으로 최소 143 명이 사망했고 대부분의
사망자가 산모와 아기였다는 특이점이 있었다. 이에 의사들은 원인을
찾고자 했고, 환자들이 공통적으로 가습기살균제를 사용했다는 사실을
발견했다. 그리하여 피해자 가족들은 옥시를 상대로 소송을 제기하였지만
옥시는 사건을 덮고자하며 자신들의 책임에 대해 묵살을 했었다. 그리고
6 년이 지난 지금까지도 침묵하고 판매를 해오다가 올해 초 언론에서
옥시사건이 크게 다뤄지고 사회이슈가 되면서 검찰은 전담수사팀을 구성하여
수사를 제대로 진행하게 된다. 결국 옥시는 2016 년 언론을 통해 공식 사과문을
발표했다. 하지만 소비자들은 이를 억지사과라고 말하들으고 분노하여 옥시
불매운동으로까지 이어졌다.

언론에서 옥시 사태가 더욱 이슈가 된 것은 이 사태가 우리에게 다양한
시사점을 던져주고 있어서이다.
'기업의 책임, 의무?' '정부의 책임, 의무?'

결과적으로 말하면 이 사태는 기업과 정부 모두에게 잘못이 있다.

먼저 기업측면에서 문제를 살펴자면, 2001년, 가습기살균제 개발당시 PHMG(폴리헥사메틸렌구아니딘)이라는 성분이 인체에 유해할 수 있다는 문제가 나왔는데도 불구하고 이를 묵살해 버리고, 인체에 안전하다는 문구를 부착하여 판매한 것이다. 그리고 피해자들의 소송에 조사를 받을 당시 실험결과(해당 성분의 쥐 실험보고서)를 은폐하고자 했고, 실험을 진행한 교수를 돈으로 매수하여 옥시 측에 유리한 실험결과를 냈다는 것도 포착되었다. 뿐만 아니라 2011년 소송에 대한 형사책임회피를 위해 옥시의 기존법인을 청산하고 새롭게 유한회사를 설립했다. 이렇게 옥시는 자신의 배만 불리기 위한 경영방식과 피해 소비자들에 대한 무책임한 행동으로 대참사를 만들었다고 할수있다. 그리고 언론의 수면위에 사건이 떠올랐는데도 피해자들에게 진정으로 사과를 하기는커녕 언론에 등 떠밀려 한 듯한 억지사과로 국민들을 분노하게 만들기도 했다.

다음으로 정부측면에서 살펴보자면, 일단 정확하게 검증되지 않은 가습기살균제의 판매를 허용했다는 점이다. 그리고 2011년 소송당시에 제품의 독성이 확인되어 제품수거 및 판매중단 명령이 내려졌음에도 불구하고 옥시를 상대로 한 제재는 수백~수천만 원의 과징금 부과라는 솜방망이 처벌에 그쳤다. 또한 2013년까지는 수사도 제대로 진행되지 않았고, 피해자들의 치료비 및 피해보상에 대해서도 기업에 압박을 가하지 않았다. 이에 피해자들은 치료를 사비로 지불했으며, 피해에 대한 보상조차 제대로 받지 못하는데 이르렀다. 만일 정부가 중재자 역할을 제대로 시행하여 초기에 가습기 살균제 판매를 중단시켰든지, 아니면 추후에 정확한 조사를 통해 강력히 처벌하고 피해자들을 보호했더라면 옥시사건이 지금처럼 큰 사건으로 번지지 않았을 것이다.

옥시 사태는 이미 일어나버렸다. 이 사태의 잘못이 기업에 있는지, 정부에 있는지 아니면 둘 다에게 있는지에 대한 논쟁이 계속 되는 현시점에서 분명한

사실은 하나 있다. 우리는 이 안타까운 비극으로 인해 수많은 사람들이

고통받게 된것을 온전히 되돌려 치유할 수 없다는 것이다. 그렇다면 남은 일 중

우리가 가장 신경써야 것은 이 사태의 원흉에게 정당한 책임을 묻는 것이고,

다시는 이런 비극이 일어나지 않도록 예방하는 것이다.

나는 이 사태의 대부분의 책임은 기업에게 물어야하며, 그 대가 역시 기업이

치뤄야한다고 생각한다.

시장경제체제에서 기업과 정부는 가장 중요한 관계를 형성하고 있다. 기업은

정부와 협력함으로서 좋은 환경에서 기업의 목표를 달성하기 위해 다양한

시도를 할 수 있으며, 정부는 기업과 협력함으로서 기업의 운영과 기술을

바탕으로 국가의 성장을 이룩할 수 있는 기회를 가질 수 있다. 그래서 때로는

정부가 기업에게 보조금을 주기도 하고, 세금을 걷기도 하면서 유동적인

관계를 유지해 나간다. 앞서 말했듯이 기업의 궁극적인 존재 이유는 이윤

창출이다. 반대로 정부의 존재 목적은 사회적 후생의 대화이다. 이 둘은

서로의 목표라는 지점 앞에서 부딪히게된다. 무조건적으로 이윤을 창출하려는

기업과 그 기업을 올바른 길로 인도해야만 하는 정부의 입장에서 대립한다.

한 마디로 정부는 일종의 '감시자'라고 할 수 있고, 기업은 그 감시하에

종속되어 있는 '작은 단체'라고 부를 수 있다.

결국 정부는 어디까지나 감시자일뿐이고, 기업은 정부 안에 종속 되어있기

하지만 그 범주 안에서 가장 주체적으로 움직일수 있다는 것이다. 기업의

이러한 자유로운 측면을 보았을 때, 기업의 행동이 기업의 결과물과

직접적으로 연관이 된다는 것이다. 결국 기업이 대부분의 책임을 가지고

있다는 것이다.

그렇다면 앞으로 이러한 사태를 어떻게 막을수있을까라는 질문에 대한 답도 기업의 노력이 가지고 있다고 생각한다. 그리고 그 키워드는 '공자'가 우리에게 이미 제시해놓은 것 같다.

공자는 누구보다도 경제관념이 투철한 인물이었다. 제자들을 가르침에 있어서도 '경제'의 중요성과 이로움을 전했다. 다만 그는 이익만을 쫓는 성장 중심의 경제에는 철저히 반대했다. 그리고 이익에 앞서 '의로움'을 추구하는 것이 중요함을 강조했다. 공자에게 의로움이란, '사람으로서 지키고 행하여야할 바람직한 도리' 였다. 그리고 경제 활동에서의 '의로움'은 신용, 성실, 정직 등과 같은 유교적 바른도리를 의미했다. 논어에 이런말이 나와 있다. "의롭지 않은 부귀는 뜬 구름과 같다(돈여)" 즉, 의롭지 않는 경제활동은 아무 의미없는 소모에 지나지 않는다는 것이다.

공자가 강조하는 '의로움'에 대한 추구는 사람의 마음을 먼저 사로잡는 요소이다. 오늘날 기업은 사람의 마음을 잡기 위해 무수히 많은 마케팅 기법을 연구해왔다. 기업의 마음은 언제나 제품과 기업에 대한 호감도를 높이는 데에 집중해있을 것이다. 그래서 공자의 '의'에 대한 추구는 현대기업에게 다양한 시사점을 던져준다. 현대기업들은 이윤추구에 앞서 '의로움'을 통해 기업과 제품의 호감도를 높여야한다. 단순히 화려한 제품, 화려한 광고를 내세우는 것이 아니라 시민들에게 순수하게 다가가 호감을 얻어야한다. 이를 통해 소비자의 돈을 훔치는 것이 아니라 소비자의 마음을 훔쳐야 할 것이다.

소비자는 제품을 구입할때 그 가치 만큼의 대가를 화폐의 형태로 지불한다. 이에 이루어지는 경제 활동은 단순히 화폐를 통한 물물교환의 형태가 아니다. 소비자는 자신이 구입한 제품과 그에 담긴 의미와 가치를 함께 구입하게 된다. 즉 제품값을 지불하면서 제품에 담긴 기업의 노력과 신의를 인정하는 것이다. 명품이 높은 값에 거래되는 이유도 그 물건에 담긴 장인의 땀과 노력 그리고 신의를 높게 평가하기 떄문이다. 한마디로 기업의 신의가 담겨있어야만 제품이 진정한 제품으로서 소비자들의 품으로 가는 것이다.

기업이 이렇게 제품에 신의를 담으려면 '의로움'이 있어야한다. 언제나 소비자를 위한다는 마음으로 정직하고, 바르게 생산에 임하여야한다. 그래서 서로 의로운 경제활동을 이뤄야한다.

이처럼 기업에 '의로움'이 강조되면 기업과 소비자에게 서로 이익이 된다. 기업은 소비자들의 마음을 살수있어 신뢰받는 기업이 되고, 이는 궁극적으로 더 많은 이윤을 낳을것이고, 소비자들은 진심이 담긴 제품을 구매함으로서 제품 그리고 기업을 믿고 이용할 수 있게 될 것이다.

어떤 인간이든 원칙과 신념이 없으면 한 극단으로 치우치게 되며 부정을 서슴치 않게 될 가능성이 높다. 오늘날 기업들도 마찬가지이다. 이윤 추구에 앞서서 옳바른 기업문화를 설정하는 것이 중요해 보인다. 나는 유교적인 윤리관인 '의로움'이 그 해답일거라는 생각이 든다.

기업은 결국 개인이 모인 집단이다. 리처드 도킨스의 저서 <이기적 유전자>에서 말했듯이 개인은 이기적인 존재이다. 그리고 그 이기심의 끝이 없다. '보이지 않는 손'을 기반으로 하는 시장경제체제에서 개인의 욕심이 앞설 경우 '윤리'와 '도덕'은 철저하게 무시된다. 그러면 결국 이것이 기업의 윤리의식 붕괴로 이어질 것이다. 따라서 언제나 기업의 이윤추구 이전에 '의로움'이 있어야한다는 사실에 집단이 공감하고 기업문화로 정착시키려는 노력이 제2, 제3의 옥시 사태를 막을 수 있을 것이다. 그리고 이것이 드디어 기업이라는 비행기를 옳바른 활주로에 올려놓아 대한민국이 보다 가치있는 도약을 이뤄내는데 도움을 줄 것이다.

3장

청소년의 시간을
제한하는 것은 가능한가

겉만 번지르르한 세상이여

조재면

지난 2017년 10월 13일 정부세종청사에서 열린 국회 문화체육관광부 국정감사에서 '황금색 프라이팬'이 등장했다. 이 '황금색 프라이팬'은 국내 게임 개발사 '블루홀'에서 개발한 게임 〈배틀그라운드〉에 등장하는 게임 아이템이며, e스포츠 대회 상패로 사용되고 있다. 〈배틀그라운드〉는 올해 4월 글로벌 게임 플랫폼 '스팀'을 통해 출시돼 6개월 만에 1,200만 장 이상 판매됐고, 200만 동시 접속자를 기록해 한국 게임의 역사를 새롭게 써내려 간 게임이다. 〈배틀그라운드〉는 외국에서도 극찬을 받으며 전 세계 게임 업계를 긴장시키고 있다. 〈배틀그라운드〉 속에서 무기로 등장하는 '황금 프라이팬'은 방어력이 강하게 디자인돼

〈배틀그라운드〉를 즐기는 게이머라면 누구나 갖고 싶어 하는 아이템이다. '블루홀'은 이러한 관심을 바탕으로 최근 펼쳐진 e스포츠 대회 우승자에게 황금 프라이팬을 전달해 전 세계 게이머들을 웃음 짓게 했다.

이 황금색 프라이팬을 들고 나온 국민의당 이동섭 의원은 "제2, 제3의 〈배틀그라운드〉 신화가 한국에서 쓰여질 수 있도록 문체부가 토양을 만들어 달라"고 도종환 장관과 문체부에 요청했다. 또한, 게임 산업이 고부가 가치 산업임에도 불구하고 한국에서는 마치 청소년을 망치는 주범처럼 인식되고 있다는 점이 안타깝다는 점도 강조했다. 특히 '게임 셧다운(shutdown)제'는 게임 산업의 성장을 막는 대표적인 악법이라는 의견도 제시했다.

게임 셧다운제와 관련된 문제들 중에서 가장 자주 언급되는 사건이 있다. 그것은 바로 지난 2012년 10월 프랑스 스타크래프트 대회인 '아이언 스쿼드 2' 대회에서 한국 대표 선수였던 당시 중학교 3학년 프로게이머 선수가 국제대회 중 셧다운제 때문에 게임을 포기했던 사건이다. 당시 상황을 보면 한국 선수가 경기를 진행하던 중 밤 12시경 '셧다운제'로 인해 게임 진행이 불가능하다는 의사를 밝히고 게임을 포기했다. 이날 경기는 세계인이 지켜보고 있었고, 경기를 해설하던 해외 캐스터는 '셧다운이 무슨 말인지 모르겠다'고 말했다. 이후 한국의 셧다운제에 대한 설명이 대회 측에 전달됐고, 캐스터를 비롯한 대회를 지켜보던 외국인들은 게임 산업이 발전된 한국에서 그건 이해할 수 없는 모순된 제도라는 의견들이 줄을 이었다. 세계 e스포츠에서 맹활약을 하고 있고, 다양한 게임을 즐기는 한국에서 나이에 따른 게임 시간 규제라는 것이 존재한다는 점이 외국인들에게는 쉽게 이해가 되지 않았던 것 같다. 한국 셧다운제 해프닝으로 인해 해당 대회는 정상적인 운영이 힘들어졌고, 해당 한국 선수는 경기 포기로 인해 자신의 실력대로 평가될 수 있는 기회를 잃게 됐다.

2011년 11월부터 시행되고 있는 청소년 게임 이용 시간 제한 제도인, 게임 셧다운제는 올해로 6년차가 됐다. 이 제도는 청소년 보호법 제26조에 따라 만 16세 미만의 청소년은 오전 0시부터 6시까지 인터넷 게임에 접속할 수 없도록 한다. 게임 셧다운제 도입 당시에 게임 업계는 크게 반발했지만, 현재는 헌법재판소가 청소년 보호법 관련 조항에 대해 합헌 결정을 내리면서 사실상 확정된 규제로 자리가 잡혔다.

그런데 법안이 시행되고 6년여의 세월이 흐른 지금 〈배틀그라운드〉라는 국내 게임이 세계적인 성공을 거두면서 '게임 셧다운제'에 대한 찬반 논란이 다시금 뜨겁게 부상하고 있다. 하지만 지난 4월 17일, 여성가족부는 행정고시를 통해 2019년 5월 19일까지 게임 셧다운제를 연장한다고 밝혔다. 정현백 신임 여성가족부 장관도 7월 4일 열렸던 장관 후보자 인사청문회에서 게임 셧다운제 유지에 찬성한다는 입장을 밝힌 바 있다. 당시 정현백 여성가족부 장관 후보자는 셧다운제와 게임 산업 위축과는 관련성이 없다는 의견을 밝혔다.

그동안 셧다운제라는 제도 앞에서는 항상 찬반이 강하게 대립하고 있었다. 그럴 만도 한 것이 결국 이는 어떤 행위를 정부가 개인에게 일방적으로 행하지 못하도록 강제하는 일이기 때문이다. 찬성 측은 청소년의 학습권과 수면권을 보장하기 위해서 최소한의 규제는 필요하다는 주장을, 반면 반대 측은 이는 청소년의 자기결정권과 인권을 침해하고, 실효성이 없다는 주장을 펼치며 신랄하게 다툼을 벌였다. 때로는 큰, 때로는 소규모의 회의에서 갑론을박이 계속되었다.

나는 이렇게 격렬하게 대립하는 두 입장 차이를 보면서 씁쓸함을 느꼈다. 국회, 법원 등에서 펼쳐지는 제도에 관한 활발한 논의는 정작 그 규제를 당할 대상의 의견을 무시하고 있었다. 어린 신세대에게 행해질 법안이 기성세대들의 흔한 싸움판으로 전락해 버리고 만 것이다. 그리고 정작 그 규제를 당할 우리들은 싸움판 밖에 밀려나 그 결과가 나오기를 기다리고 받아들여야 했을 뿐이었다. 또한, 그들의 논의의 바탕에서 청소년은 이미 미성숙하고 주체적이지 못한 대상으로 격하되어 있었으며, 기성세대들의 손에 인권이 박탈당해도 그만인 존재로 치부되어 있었다. 셧다운제는 통과 당시에 사회 전반에 정말 큰 파장을 불러왔다. 단순히 법의 적용 대상이었던 청소년들에게뿐만 아니라, 게임 관련 산업을 하던 기업들에게도 적잖은 영향을 미쳤다. 그런데 나는 이 셧다운제라는 법안이 통과된 것이 단순히 청소년들이 게임을 못하게 막은 것이 아니라는 생각이 들었다. 이는 분명히 우리, 청소년들에게 또 다른 무엇인가를 남겨 놓았다. 왜 우리 사회가 게임을 규제해야만 했던 건지……, 그리고 왜 그 대상이 청소년이었는지……, 나아가 우리 사회의 기성세대가 얼마나 미성숙한지 말이다…….

게임을 강요받는 사회

대한민국 만 10세~65세의 국민을 대상으로 게임 이용 여부를 조사한 결과, 67.9퍼센트로 나타났다(한국콘텐츠진흥원, 「2016 게임 이용자 실태 조사 보고서」). 이는 인구의 절반을 훨씬 뛰어넘는 수치이다. 또 청소년으로 그 범위를 한정 짓게 되면, 10대의 게임 이용 비율은 무려 84.9퍼센트로 나타났다(한국콘텐츠진흥원, 「2016 게임 이용자 실태 조사 보고서」). 이 수치가 말해 주듯 우리나라 청소년들의 게임 이용 비율은 아주 높다. 이제는 게임이 청소년들에게 하나의 문화로 자리 잡았다고 해도 과언이 아닌 셈이다. 여기서 이러한 청소년들에게 왜 게임을 하는지 물어본다면 대부분은 '재밌어서'라고 답할 것이다. 그런데 우리는 '재밌어서'라는 이 대답에 대해 한번 생각해 볼 필요가 있다. 왜 굳이 재미를 추구하기 위해 게임을 해야 한단 말인가? 물론 게임의 원초적 목적이 사용자들의 재미 추구인 것은 맞다. 그런데 게임 이외에 다른 놀이들 또한 재미 추구를 목적으로 존재하는 것들이 많지 않은가. 근데 왜 청소년들은 유독 게임에만 몰두하는 것인가? 이 문제에 답을 얻어 내기 위해서는 관점의 전환이 필요하다. 게임이 다른 놀이보다 월등해서 청소년들의 선택을 받은 것이 아니라, 그것을 선택할 수밖에 없었기에 그것을 선택한 것이란 말이다.

왜 청소년들이 게임을 선택하고, 어느덧 이것이 청소년들에게 하나의 문화로 자리 잡혔는지는 현 대한민국 사회를 들여다보면 알 수 있다. 모든 삶의 목적이 대학으로 향하는 입시 경쟁 속에서 대한민국 청소년들은 많은 억압과 제약을 받으며 살아간다. 그 많은 억압 속에서 어떤 문화를 선택할 때 받는 것이 바로 시간적, 공간적, 경제적 제약이다.

우선 시간적 제약이란, 청소년들이 주체적으로 정할 수 있는 일명 '자유 시간'의 제약을 의미한다. 어떤 문화 생활을 즐기려면 기본적으로 그걸 소화시킬 수 있는 자유 시간이 필요하다. 하지만 학교, 학원, 과외 등 여러 학업적인 요인들에 대부분의 시간을 빼앗기는 청소년들에게 자유 시간은 극히 제한적으로 주어진다. 또 이 자유 시간들은 학업이 모두 끝난 후인 밤 시간대로 밀려서 주어진다. 밤에는 모든 학업 노동이 끝난 터인지라 육체적 피로까지 더해지기도 한다. 결국 이렇게 적은 시간, 그리고 밤 시간대에 주어지는 그들의 자유로운 시간은 절대적으로 자유롭지 못할 수밖에 없다. 이런 상황에서 그들의 문화 활동은 지극히 제한적이며, 때로는 이마저도 누리지 못하는 경우도 발생한다.

그다음으로 공간적 제약은 문화를 즐길 수 있는 공간의 한정성을 의미한다. 모든 문화는 그 문화를 향유하기 위한 공간을 필요로 한다. 그런데 문제는 청소년들이 그러한 공간을 제대로 제공받지 못한다는 것이다. 대한민국의 주위 어디를 둘러봐도 청소년 문화 시설(수련관, 문화관 등)은 찾아보기 쉽지 않다. 설사 있다 하더라도 그 환경이 매우 열악하여 그곳에서 문화를 온전히 즐길 수 없는 상황이다.

마지막으로 경제적 제약이란, 말 그대로 문화를 즐기는 데 필요한 돈의 제약을 의미한다. 대부분의 대한민국 청소년들은 부모에게 종속되어 있다. 이로 인해서 어떤 결정을 할 때도 부모의 동의를 구해야 하는 것은 물론이고, 돈, 생활 등 많은 부분을 부모에게 지원받는다. 그래서 경제적인 부분은 부모에게 거의 전부 기대어 있다고 해도 과언이 아니다. 또 만일 부모에게서 독립해 자신이 경제 활동을 통해 돈을 번다고 하더라도 이들의 다수는 하위 계층에 속한다. 결국, 대한민국 청소년 개개인의 경제적 위치는 절대적으로 약자의 위치에 있는 것이다. 이러한 이들에게 돈이 많이 들어가는 문화 생활은 불가능할뿐더러 사치인 셈이고, 부모 입장에서도 잘 허락되지 않는다.

이렇게 청소년들은 위의 3가지 장애물 사이에서 선택할 수 있는 문화 놀이의 폭이 극히 제한적으로 줄어들게 된다. 그런데 이 장애물들을 치우고 손쉽게 즐거움을 가져다주는 것이 바로 '게임'인 것이다. 게임은 언제든지, 낮과 밤에 상관없이 짬짬이 즐길 수 있고, 공간의 제한이 비교적 적고, 이용할 때 비용 부담도 적다. 즉 게임은 위 3가지 제약으로부터 자유롭고, 문화적 유희의 기능도 갖춘, 어찌 보면 유일무이한 놀이이다.

결국 청소년들은 여러 가지 제약 속에서 잠시나마 휴식을 취하고, 재미를 얻기 위해서는 필연적으로 게임을 택할 수밖에 없는 것이다. 이는 게임을 강요받는 것과 무엇이 다른가? 그리고 이는 당연스럽게도 청소년 게임 중독 문제를 야기하고, 문화적 편향 현상을 낳는 것이다.

흔히 셧다운제를 찬성하는 측에서는 셧다운제가 이러한 청소년들의 게임 중독을 막을 수 있을 것이라고 주장한다. 그런데 청소년의 척박한 현실과 휴식, 유희의 문화인 게임 사이에 연결고리를 살펴보면 과연 게임을 막는 것만이 옳은 방법인지에 대한 의문이 생긴다. 또한 그들이 표현하는 '게임 중독'이라는 말이 과연 문화로서의 게임에 올바른 표현인지에 대한 의문도 든다. 이들은 또한 청소년들이 게임을 하게 된 배경을 매우 단순하게 받아들인다. "게임이 사람을 빠져들게 하는 무언가가 있다", "게임 회사가 게임을 하면서 느낄 수 있는 쾌락을 극대화하도록 유도한다." 이렇게 게임 중독의 원인을 단순히 게임, 게임 회사, 청소년 등 각각의 개별 문제로 삼고, 사회적 맥락은 전혀 고려하지 않는 것은 게임 중독 문제 해결에 근본적인 접근마저 방해한다. 만일 기성세대가 진정으로 청소년의 올바른 성장을 위해서 그들의 게임 중독 문제에 대해 깊이 생각해 보고자, 청소년의 입장에서 왜 그들이 게임을 택하였는지를 살펴보았다면, 셧다운제와 같은 임시방편적이고, 문제의 근본에는 발도 들여놓지 못한 제도를 시행하지 않았을 것이다.

주었다가 다시 빼앗는 사회

앞에서 지적했듯이 대한민국이 청소년들에게 게임을 할 수밖에 없게 만들었다. 그리고 당연히 이 사회에는 게임 중독과 같은 부정적인 청소년 문화들이 만들어졌다. 결국 기성세대들은 앞으로 나라의 미래인 청소년들의 앞길이 걱정되어 어떻게 하면 이것을 해결할 수 있을지에 대해 고민하기 시작했다. 그래서 그들이 내놓은 답이 셧다운제였다. 그런데 이는 참 모순 아닌가? 게임을 하도록 권유하는 사회를 만들어 놓은 기성세대가 정작 게임 문화가 정착되자 그것을 못하게 막는 모양새이니 말이다. 심지어 나름 해결책으로 제시한다는 것은 전혀 그 문제의 근본에 다가가지 못한 것이기도 한데 말이다.

여성가족부는 셧다운제에 대해 그 시간을 오전 0시에서 6시로 지정한 것은 청소년이 절제를 하지 못하고 밤새도록 게임하는 것을 방지하여 게임 중독을 막고 수면권을 보장하기 위함이라고 밝혔다. 이러한 그럴듯한 명분 속에는 몇 가지 오류들이 숨어 있다.

우선 왜 게임 중독을 막는데 그 대상이 청소년 전체냐는 것이다. 게임 중독에 대한 문제를 해결하려면 셧다운제의 적용 대상이 게임 중독자에게 향해 있어야 하는 것 아닌가? 모든 청소년이 게임 중독자가 아님은 분명한 사실이기에 이러한 목표에 대한 대상 설정은 청소년 모두를 타락한 것으로 취급하는 행동이다. 그리고 이러한 연령적 대상 제한은 주민번호 도용이라는 문제로 이어지기도 했다. 밤에도 게임을 하고자 하는 청소년들은 부모님이나 주위 성인들의 주민번호를 도용하여 청소년 신분을 은폐해 게임을 하게 되었다. 그리고 당연하게도 이렇게 주민번호를 도용해 밤에도 게임을 한 청소년들의 대다수가 게임 중독 청소년이었다. 즉 청소년 중에 게임 중독자라 불리어 셧다운제의 주 표적이 되었던 사람들은 오히려 밤에도 게임을 했고, 또한 일반 학생들이 학업을 마치고 밤에 잠시 게임으로 스트레스를 풀려는 것이 막히는 아이러니한 상황을 야기시켰다.

또한 수면권 보장이라는 말은 그럴싸한 명분에 불과하다. 이 말만 보면 결국 셧다운제 시행의 목표는 청소년을 강제로 침대에 눕혀 놓고 재우기 위한 것이나 다름없다. 명분이 '수면권의 보장'이지 이를 바꿔 말하면 '12시 넘으면 잠들도록' 강요하는 것이나 다름없다는 말이다. 같은 논리대로라면 셧다운제는 인터넷 강의나 과외 활동에도 적용되어야 하는 것이 아닌가? 과도한 입시 공부가 청소년들의 수면권을 침해하는 주범임에도 말이다.

셧다운제는 '빛 좋은 개살구'다. 모양새를 보면 청소년 게임을 줄여 올바른 문화를 정착시키려는 시도 같지만 게임 이외에 어떤 문화를 정착시키려는지에 대한 대안이 없고, 사회 현실은 그대로 내버려 둔 채로 겉모습만 그럴듯하게 바꾸려는 시도이다. 이 얼마나 근시안적인가.

'미성숙한' 셧다운제 그리고 '미성숙한' 기성세대

위와 같은 문제점들을 지녔음에도 셧다운제가 법안으로 채택되어 실행된 것은 어찌 되었건 청소년 게임 문제가 심각하고 이를 해결해야 함을 우리 사회가 느꼈기 때문일 것이다. 그런데 그렇게 절실히 느꼈다면 기성세대들은 보다 근본적인 문제에 대한 질문을 던져야 하는 것이 아닌가? 진정으로 문제를 해결하려면, 그 해결책은 문제점의 배경과 환경을 고려하여 개선해 나가는 방향으로 나아가야 하는 것이 아닌가?

수박 겉핥기 식의 셧다운제는 점점 본래의 의미를 잃어 가고 있다. 정작 규제해야 할 청소년 게임 중독자들은 제도의 허점을 파고들어 더욱더 게임 중독자들이 되고 있고, 잠시의 정신적 휴식을 취하기 위해 선택할 수 있는 문화가 게임밖에 없었던 청소년들은 이제 그 유일한 문화마저 빼앗기고 있다. 이렇게 셧다운제의 색깔이 옅어질 때, 다른 한쪽의 의미는 더욱 분명해졌다. 허울과 명분만 있는 제도를 만들고 이에 의지하고 있는 기성세대들의 근시안적이고 비논리적인 모습…… 그들의 미성숙함을 셧다운제는 여실하게 보여 주고 있다.

기성세대들은 청소년들의 길잡이이자 청소년들을 올바르게 교육해야 할 존재들이다. 그리고 청소년들은 그들이 지칭한 것

처럼 아직 미성숙하고 보호받아야 할 존재들이기에 기성세대
를 선배로서 선생님으로서 따라야 한다. 그런데 아직 미성숙하
고 보호받아야 할 존재들을 둘러싸는 제도와, 나아가 사회가 부
조리하다면 청소년, 나아가 대한민국의 미래는 누가 책임질 것
인가? 기성세대의 각성이 필요하다. 단순히 이 셧다운제 이야기
만이 아니다. 정치판이 그저 물고 뜯는 투견장으로 비춰지고, 경
제, 교육 등 사회 다방면에 부조리가 판을 치고 있으면 그것을
보고 자라는 청소년 개개인은 물론이고, 우리 대한민국의 미래
는 어찌 될 것인가. 뻔하다.

　기성세대의 각성이 필요하다. 지금 청소년들은 아무 죄도 없
는데 학교라는 감옥에 갇혀 죄수처럼 무한 경쟁의 공부를 하고
있다. 기성세대들이 만든 암기식 경쟁의 교육 환경은 겉으로는
교육 잘하는 사회로 포장될 수 있지만 그 내면에는 OECD 청소
년 자살률 최상위, 행복지수 최하위의 대한민국이 있다. 이런 상
황에서도 기성세대들은 마치 바른 교도관들처럼 자식들을 관리
하고 감시하면서 태평스럽게 웃고 있다. "이렇게 청소년들을 공
부시키면 우리 사회는 계속 발전해 나가는 거야……" 하면서.
　그들을 향해 나는 이렇게 직접적으로 말할 수 있다. 그들의 소
망은 헛된 꿈이다. 결국 그렇게 힘들게 공부한 청소년들은 어른
이 되고, 사회에 나가면 현 기성세대들과 똑같은 모습이 될 뿐이
다. 부정부패, 비리…… 청소년들은 그들의 제도 속에서 교육을

받고, 보고 들으며 자랐기 때문이다. 그들은 애꿎은 청소년들만 탓할 게 아니라 그들 자신부터 먼저 바뀌어야 한다. 문제가 일어나면 급급하게 덮는 모습, 임시방편적 대안으로 장기적 문제 해결을 기대하는 모습…… 이러한 모습들은 우리 세상을 점점 내실 없이 겉만 번지르르하게 만드는 것이다. 그리고 이렇게 내부 기반이 약한 사회는 결국 무너지기 마련이다.

겉만 번지르르한 세상이여. 한 사회의 성형수술은 그 겉모습을 아름답게 만들지는 모르나, 내면의 아름다움에까지는 칼을 댈 수 없는 법이다. 그런 의미에서 앞으로 우리 사회가 마주할 문제들에 대해서는 보다 거시적이고, 근본적이고, 장기적인 관점에서 다가가야 한다. 기성 사회는 변해야 한다. 셧다운제의 번지르르한 포장지를 벗겨 그 내용물을 봐야 한다. 그래야 청소년들이 올바른 것을 보고, 그 길을 따라 걸으며 그제서야 비로소 대한민국이 진정 아름다운 사회로 바뀌게 될 것이다.

조롱당하는 허수아비법

조정래

게임 셧다운제의 명분

'게임 셧다운제'는 2011년 11월부터 시행되고 있는 청소년 게임 이용 시간 제한 제도이다. 그 법은 청소년 보호법 제26조에 따라 만 16세 미만의 청소년은 오전 0시부터 6시까지 인터넷 게임에 접속할 수 없도록 하기 위해 만들어진 것이다.

우리 사회에는 헤아릴 수 없이 많은 법들이 존재한다. 그런데 대다수의 사람들은 일상생활 속에서 그 존재를 별로 의식하지 못하고 살아간다. 그건 사람들이 무심해서가 아니고, 무식해서는 더구나 아니다. 절대다수의 사람들이 일상생활에서 법을 별로 어길 일이 없기 때문이다. 어쩌면 사람들이 가장 잘 기억하고 있는 법이 교통법규가 아닐까. 도시 생활에서 그 법규는 매일매일 지켜야 하고, 그걸 어기는 경우에는 즉각적으로 인명이나 재산상의 피해가 오기 때문이다.

그런 측면에서 게임 셧다운제를 아는 일반인들은 얼마나 될까. 청소년 이하의 어린 자식들을 둔 부모들은 좀 알까? 그러나 그런 부모들도 그 법에 별로 관심이 없지 않을까 싶다. 왜냐하면 대부분의 아이들에게 '오전 0시부터 6시까지'는 곤히 잠들어 꿈나라에 가 있을 시간대이기 때문이다. 다시 말하자면, 그 시간대에 게임을 하느라고 잠을 자지 않고 눈을 부릅뜨고 있을 청소년이 몇이나 될 것인가.

물론 있을 것이다. '게임 중독'이 된 아이들은 밤을 꼬박 세우며 게임의 올가미에서 벗어나지 못할 수 있다. 청소년이 아닌 성인들이 게임방에서 며칠이고 밤샘을 하다가 죽는 일이 보도되고 있는 세상 아닌가.

그 수가 얼마 되지 않더라도 미성년자를 보호해야 하기 때문에 게임 셧다운제가 만들어진 것이라는 필연성을 제시할 수 있다. 그게 국민을 위하는 국가의 소임 중 하나이니까. 그러나 그 필연성에는 허망하도록 허술함이 크다. 게임 중독증으로 밤을 꼬박 새워야 하는 청소년들은 부모나 주위 성인들의 주민번호를 도용하여 그야말로 식은 죽 먹듯이 그 법망을 뚫어 버린다는 사실이다.

"그거 어른들이 하는 '웃픈' 짓이에요."

"그딴 법 왜 만들어요? 사교육 없애는 법이나 만들지."

"웃겨요, 잠자는 시간도 모자라는데."

"애들 게임 중독 막으려면 그딴 법 말고 다른 법을 만들어야지요. 학생들이 핸드폰을 절대 학교에 가져오지 못하게 막는 법이요. 중독쟁이들은 밤이 아니라 공부 시간마다 한다고요."

그 법에 대한 고등학생들의 반응이었다.

코웃음 치는 청소년들 앞에서 국가며 기성세대들의 체면과 위신은 희롱과 불신의 대상일 뿐이었다. 우리 사회에 이렇게 실효성 없이 형식에 불과해 웃음거리가 되고 있는 법이 이것뿐일까.

고등학생들의 가르침

"그딴 법 왜 만들어요? 사교육 없애는 법이나 만들지."

한 고등학생의 이 일갈은 여러 가지 문제를 생각하게 한다.

첫째, 대학 입시를 위한 사교육 시장이 매해 팽창하여 30조에 이를 만큼 폐해가 심각한데 나라는 뭐하고 있느냐는 힐난인 것이다. 대학 입시 스트레스와 과도한 사교육에 시달리느라고 지친 고등학생이 나라를 향해 던지는 절박한 항의고, 외로운 외침이기도 하다.

그렇다. 이 나라 사교육의 여러 문제점들은 일이 년이 된 것이 아니다. 20년이 넘도록 해마다 팽창되면서 온갖 폐해가 쌓여 온 사교육에 대해 그동안 나라는 수수방관, 속수무책으로 일관해 왔던 것이다. 그것은 역대 정권들의 교육정책 무능, 교육혁신 부재를 여실히 보여 주는 것이었다. 아니, 지난 정권마다 '자기네만은 할 수 있다'는 업적주의의 과욕에 사로잡혀 땜질식 처방에 급급하다 보니 문제점만 갈수록 누적되고, 그럴수록 학부모들은 손쉬운 해결책으로 사교육에만 매달리다 보니 사교육은 나라 망치는 괴물로 비대해지고 말았다. 결국 오늘날의 사교육 공룡화는 교육정책 실패를 거듭해 온 나라가 세운 위대한 업적인 것이다.

그럼 성공적인 교육정책이란 있을 수 없는 것인가? 그렇지 않다. 사람의 힘으로 운영하는 사람 사는 세상에 그 묘방이 없을 리가 있겠는가. 다만 우리의 역대 정권들은 그 바른길을 바르게 찾기 위해 바른 생각을 하지 않았던 것이다.

이미 식상하다 싶게 된 말이 '교육은 국가의 백년대계다'이다. 국가의 백년 미래를 위한 중대한 계획이니 어찌해야 되겠는가. 단견으로, 허둥지둥 서둘러 대서 되겠는가. 긴 안목으로, 차근차근 계획을 세워, 장기간에 걸쳐서 신중하게 추진해 성공한 사례가 우리 앞에는 놓여 있다. 우리가 국민적 소망으로 닮기를 열망하고 있는 유럽 여러 나라들이 그 좋은 본보기다. 그런데 우리는 그 나라들의 드높은 국민소득과 부유한 삶만을 부러워하며 어서 그렇게 되기를 갈망할 뿐, 그 나라들이 어떻게 하여 그런 질 높은 사회를 만들 수 있었는지, 그 뿌리와 바탕을 파헤쳐 보려는 생각은 하지 않는다.

그들은 그야말로 '국가 백년대계'를 위한 장기 계획을 세웠고, 꾸준히 실천해 마침내 성공시켰던 것이다. 핀란드, 프랑스, 덴마크, 네덜란드, 독일 같은 나라들이 그 모범이었다. 그들은 평균 20년의 개혁 프로그램을 만들었고, 국가와 국민과 학교 등이 진정으로 합심하고 노력을 바쳐 새 세상을 창조해 낸 것이었다.

"우리는 절대 서두르지 않았습니다. 느리더라도 오직 실패하지 않으려고 모두 한마음으로 노력했습니다. 인간은 기계가 아닙니다. 신의 창조물입니다. 그리고 제2의 창조가 교육입니다."

핀란드 교육자가 우리나라 방문객들에게 한 말이었다.

그런데 우리는 그런 장기적인 교육개혁 프로그램을 만들어 내지 못한 채 땜질 처방만 일삼다가 오늘날과 같은 사교육 창궐의 망국 시대에 처하고 만 것이다.

둘째, 주입과 암기식 경쟁 교육 체제를 폐기하고 유럽과 같은 토론과 창의식 개성 교육으로 개혁하면 사교육 시장은 당연히 사멸할 수밖에 없다. 그런 개선된 교육 환경이 스마트폰을 비롯한 게임 중독과 어떻게 직결되고 있는지를 아래 글은 잘 보여 주고 있다.

독일 청소년들이 스마트폰을 사용하는 조건과 환경은 한국과 달라서, 우리와 비교할 때 심각한 상태가 아니라 할 수 있다. 그 이유는 독일 청소년들은 대학 입학 시험으로 인해 심한 스트레스를 받지 않으며, 일상생활에서 다양한 활동거리와 문화적 향수, 생활 체육 등의 탈출구를 많이 제공받고 있기 때문이다.

위의 글은 우리나라 한국청소년정책연구원의 연구보고서 중의 일부이다.

유럽 국가 중의 하나인 독일에서는 토론식 창의적 교육을 실시하며, 학생들 개개인의 개성과 적성과 능력에 맞추어 진학하고, 진로를 정하기 때문에 우리 같은 살인적 경쟁 교육을 할 필요가 없는 것이다. 따라서 여가를 즐기고, 다양한 취미 생활을 하면서 전인적 인간의 틀을 갖추어 가는 것이다. 그러니 사교육 시장이 있을 리가 없다. 또한 우리처럼 어른들이 청소년들의 웃음거리가 되는 게임 셧다운제 같은 어이없는 법을 만들지 않아도 되는 것이다.

국가적 직무 유기

"애들 게임 중독 막으려면 그딴 법 말고 다른 법을 만들어야지요. 학생들이 핸드폰을 절대 학교에 가져오지 못하게 막는 법이요. 중독쟁이들은 밤이 아니라 공부 시간마다 한다고요."

또 다른 고등학생의 이 말은 그동안 직무 유기를 저질러 온 국가와 기성세대를 향해 날아오는 화살이고 비수다.

그 짧은 말은 세 가지의 중대한 문제를 지적하고 있다.

첫째, 청소년의 스마트폰 휴대에 대한 교육적 방임.

둘째, 그 방임이 불러온 스마트폰 중독과, 그 중독을 앓는 청소년들이 공부 시간에도 스마트폰에 빠져 있는 우리 교육 현장의 실상.

셋째, 그러한 현실의 심각성을 인지하지도, 파악하지도 못한 채 아무 실효성 없는 게임 셧다운제 같은 법을 만들어 내고 있는 국가의 무책임.

이 세 가지 지적은 기성세대가 장악하고, 지배하고 있는 국가 권력의 직무 유기에 대한 더없이 신랄한 비판이고, 예리한 공격이 아닐 수 없다.

첫째, 학생들이 핸드폰을 절대 학교에 가져오지 못하게 막는 법을 왜 안 만드느냐는 지적을 보자. 처음에 '핸드폰'이라는 편리하기 그지없는 기계가 나왔을 때 온 세상은 떠들썩하게 환호했다. 전화를 손에 들고 다닐 수 있다니! 그 단순한 사실 하나만으로도 사람들은 희한해했고, 편리함을 만끽할 수 있었다. 그래서 너나없이 앞다투어 갖기를 소원하며 돈 아까운 줄을 모르고 소유하고 들었다. 그런데 그 맹랑한 기계는 그저 전화기 노릇만 하는 게 아니었다. 도깨비방망이의 요술처럼 가지가지 기능들을 첨가해 가며 밤낮없이 진화를 거듭했다. 시간차를 느낄 겨를이 없을 지경으로 새 기능을 갖춘 새 상품들이 줄지어 나왔다. 그

신묘한 요술에 현혹된 소비자들은 마치 불빛을 좇아 몰려드는 불나방 떼처럼 신제품 출시에 맞추어 밤새워 긴 줄을 이어 가는 진풍경을 벌이고는 했다. 그건 어느 나라 큰 도시에서나 어김없이 벌어지는 세계적인 쇼였다. 텔레비전들은 그게 무슨 신나는 볼거리라도 되는 것처럼 경쟁적으로 보도하고는 했다. 그 보도가 그냥 뉴스만이 아니라 광고주의 신제품 판촉 역할까지 하는 은밀한 상업적 음모를 감추고 있다는 사실을 간파하는 소비자들은 거의 없었다. 소비자들의 그런 둔감한 순진함을 한껏 이용하는 교활한 상업주의가 냉혹하게 작동되고 있는 것이 끊임없는 진화의 마술이었다. 새 상품을 팔기 위해 새 기능을 적당한 시간차를 두고 안배하며 새 상품을 출시하는 것이었다. 상상을 초월하는 경이로운 새 기능에 현혹된 소비자들은 신제품 속에 감추어진 그 냉혈적 상업주의를 눈치챌 도리가 없었다.

손바닥만 한 기계가 펼치는 그 현란한 기능의 쇼는 특히 우리나라에서 뜨거운 열기로 펼쳐지고 있었다. 'IT 강국 대한민국'이라는 구호 아닌 구호와 함께, 모든 매스컴들은 약속이나 한 것처럼 그 구호를 쉴 새 없이 외쳐 댔다. 매스컴들의 그 외침은 묘한 마력으로 세상을 그리고 사람들을 사로잡고, 충동질하고 있었다.

'우리나라는 IT 강국이다. 그 상품 수출이 우리나라 경제를 살린다. 그 강한 힘은 곧 내수 진작에서 나왔다. 우리가 국내에서 상품을 적극 구매했기 때문에 그 힘이 바로 IT 강국을 만들어

세계 시장을 석권하게 된 것이다.'

　이런 식의 기사들은 소비자들의 어떤 긍지감까지 자극하고 있었다. 그러니까 새 기능을 찾아 비싼 물건을 폐기해도 그건 낭비가 아니라 국가 경제 발전에 기여하고 있다는 긍지감까지 느끼게 하니 신제품 구매력은 더욱 커질 수밖에 없는 것이다. 거기서 소비자들은 IT 업체들이 모든 매스컴의 큰손 광고주라는 함수 관계는 전혀 의식하지 못한다.

　그런 역학 구조 속에서 이 나라는 평소에는 업무가 긴급하다고 보기 어려운 주부나 노인 세대부터, 대학생에서 초·중·고등학생, 그리고 유치원생까지 스마트폰 소지자가 되게 만들었다. IT 강국답게 이 나라는 국민들이 스마트폰을 가장 많이 가진 1등 국가가 아닐까 싶다.

　그런 국가 사회 환경 속에서 이 나라의 청소년은 4명 중 1명이 스마트폰 중독, 게임 중독이라는 중병에 걸리고 말았다. 이런 위기 상황이 약 15년 전부터 이미 예고되고, 경고되고 있었는데도 이 나라의 교육부나 다른 해당 부서에서는 아무런 대비책도 세우지 않고 IT 강국의 황홀에 취해 있었다. 그러다가 중독증이 전염병처럼 확산되는 사태에 이르자 여성가족부가 나서서 뒤늦게 내놓은 대책이라는 것이 게임 셧다운제였던 것이다.

　애초에 교육부가 나서서 스마트폰의 편리함과 유익함에 못지 않게 그 불이익과 폐해도 크다는 것을 적극 일깨우고, 학부모들의 동참을 유도하며 청소년들이 학교에만은 가져오지 못하도록 엄하고 철저하게 규제하고 감독했더라면 오늘과 같은 수많은 중독자가 발생하는 비극적 사회 문제는 야기되지 않았을 것이다. 이 교육적 방임의 책임은, 사교육 팽창에 속수무책인 무능의 책임보다 훨씬 크다. 그런데도 교육부는 그에 대한 대책이 아무것도 없다.

둘째, 스마트폰에 중독된 청소년들이 밤중에만 스마트폰에 취해 있는 게 아니라 학교의 공부 시간에도 스마트폰에 빠져 있다는 사실이다. 이런 심각한 교육 현장의 실태를 교육부는 모르는 것일까, 알고도 모르는 척 외면하고 있는 것일까.

공무원들이 아무리 예산 부족 타령하고, 인력 부족 타령하며 모든 책임을 피해 가는 무책임한 존재들이라고 하더라도 교육부에 몸담고 있다면 그런 교육 현실을 모를 리가 없다. 우리나라의 고등학교 교육 현실을 보면, 서울 인문계 고등학교의 경우 한 해 평균 350여 명을 배정받는다. 그럼 학교에서는 바로 시험을 치른다. 그래서 100명을 뽑아 그들에게만 야자(야간 자율학습)를 시키고, 나머지 260명에게는 그 기회를 주지 않는다. 곧 그 260명은 대학 갈 가망이 없으니 '버려 버리는 것'이다. 그렇게 차별당한 그들이 갈 곳은 어디인가. 패배감과 열등감과 자책감에 싸여 그들은 점점 공부로부터 멀어질 수밖에 없다. 그래서 그들은 공부 시간에 엎드려 자거나, 스마트폰으로 게임을 하거나, 자포자기에 빠져 버린다. 대학 입시의 물불 가리지 않는 경쟁만으로 서열화한 우리 교육의 폐해는 수많은 스마트폰 중독자들을 만들어 낸 것이다. 현실이 이런데도 정부에서는 한가하게 게임 셧다 운제나 만들어 내고 있으니 청소년들의 비웃음을 살 수밖에 없는 것이다.

정부는 국민의 생명과 재산을 지켜 준다는 사회 계약에 따라 국가를 경영하는 모든 권리를 위임받는다. 그리고 국민은 정부가 그 소임을 충실히 수행할 수 있게 하려고 세금 내는 의무를 다한다. 국토 방위와 함께 국민 교육권도 거기에 포함된다. 국민이 국가에 대한 의무와 책임을 다해야 하듯이 국가 또한 세금을 낸 국민의 삶을 행복하게 하기 위하여 국민에 대한 의무와 책임을 다해야 한다.

그런데 우리나라 교육이 이렇게 문제가 많고 병들어 있는 것은 전적으로 국가의 교육 정책이 잘못되어 온 책임이다. 청소년 4명 중 1명이 스마트폰 중독인 이 끔찍스러운 현실도 전적으로 국가의 교육 정책 실패에서 온 것이다.

그 잘못된 교육 정책의 뿌리는 일본식 교육의 무조건적 답습에 있었다. 주입식 암기 교육에서부터 일제고사, 전교생 석차 써 붙이기, 통지표에 학급 석차 기록하기, 교복 입히기, 이름표 달기……, 그런 일제 잔재는 아직도 수없이 많다. 해방 70년이 넘었건만 우리는 영토만 해방되었지 의식은 일제 식민지 시대를 그대로 답습하고 있는 것이다.

인간의, 인간다운 교육은 잘하는 사람만을 뽑는 것이 아니라 능력이 좀 모자라더라도 한 사람도 버리는 일 없이 모두가 사람

노릇을 하며 행복하게 살 수 있도록 그 능력과 적성에 맞는 일을 찾아 최선을 다하는 것이어야 한다. 그것만이 참된 교육이고, 교육이 그 길을 바르게 갈 때 스마트폰 중독자는 생겨나지 않고, 게임 셧다운제 같은 엉뚱한 법도 만들어지지 않을 것이다.

걸만 번지르르한 세상이여

지난 2017 년 10 월 13 일 정부 세종청사에서 열린 국회 문체체육관광부 국정감사에서

'황금색 프라이팬'이 등장했다. 이 '황금색 프라이팬'은 국내 게임개발사 '블루홀'에서 개발한

게임 '배틀 그라운드'에서 등장하는 게임 아이템이며, e 스포츠 대회 상패로 사용되고 있다.

배틀 그라운드는 올해 4 월 글로벌 게임 플랫폼 '스팀'을 통해 출시돼 6 개월 만에 1,200 만 장

이상 판매됐고, 200 만 동시 접속자를 기록해 한국 게임의 역사를 새롭게 써내려간 게임이다.

'배틀그라운드'는 한국에서도 극찬받으며 전 세계 게임업계를 긴장시키고 있다. 배틀

그라운드 속에서 무기로 등장하는 '황금 프라이팬'은 방어력이 강하게 디자인돼 배틀

그라운드를 즐기는 게이머라면 누구나 갖고 싶어하는 아이템이다. '블루홀'은 이러한 관심을

바탕으로 최근 펼쳐진 e 스포츠 대회 우승자에게 황금 프라이팬을 전달해 전 세계 게이머들을

웃음짓게 했다.

이 황금색 프라이팬을 들고 나온 국민의당 이동섭의원은 "제 2, 제 3 의 배틀 그라운드 신화가

한국에서 쓰여질 수 있도록 문체부가 토양을 만들어달라"고 도종환 장관과 문체부에

요청했다. 또한, 게임 산업이 고부가가치산업임에도 불구하고 한국에서는 마치 청소년을

망치는 주범처럼 인식되고 있다는 점이 안타깝다는 점도 강조했다. 특히 게임 셧다운제는 게임

산업의 성장을 막는 대표적인 악법이라는 의견도 제시했다.

게임 셧다운제와 관련된 문제들 중에서 가장 자주 언급되는 사건이 있다. 그것은 바로 지난

2012 년 10 월 프랑스 스타크래프트 대회인 '아이언 스퀴드 2' 대회에서 한국 대표 선수였던

당시 중학교 3 학년 프로게이머 선수가 국제대회 중 셧다운제 때문에 게임을 포기했던

사건이다. 당시 상황을 보면 한국 선수가 경기를 진행하던 중 밤 12 시 경 '셧다운제'로 인해

게임 진행이 불가능하다는 의사를 밝히고 게임을 포기했다. 이날 경기는 세계인이 지켜보고

있었고, 경기를 해설하던 해외 캐스터도 '셧다운이 무슨 말인지 모르겠다'고 말했다. 이후

한국의 셧다운제에 대한 설명이 대회 측에 전달됐고, 캐스터를 비롯한 대회를 지켜보던 외국인들은 게임 산업이 발전된 한국에서는 이해할 수 없는 모순된 제도라는 의견들이 줄을 이었다. 세계 e 스포츠에서 맹활약을 하고 있고, 다양한 게임을 즐기는 한국에서 나이에 따른 게임 시간 규제라는 것이 존재한다는 점이 외국인들에게는 쉽게 이해가 되지 않았던 것 같다. 한국 셧다운제 해프닝으로 인해 해당 대회는 정상적인 운영이 힘들어졌고, 해당 한국 선수는 경기 포기로 인해 자신의 실력대로 평가될 수 있는 기회를 잃게 됐다.

2011 년 10 월부터 시행되고 있는 청소년 게임 이용시간 제한제도, '게임 셧다운(Shutdown)제'는 올해로 6 년차가 됐다. 이 제도는 청소년 보호법 제 26 조에 따라 만 16 세 미만의 청소년은 오전 0 시부터 6 시까지 인터넷 게임에 접속 할 수 없도록 한다. 게임 셧다운제 도입 당시에 게임 업계는 크게 반발했지만, 현재는 헌법재판소가 청소년 보호법 관련 조항에 대해 합헌 결정을 내리면서 사실상 확정된 규제로 자리가 잡혔다.

그런데 법안이 시행되고 6 년여의 세월이 흐른 지금 '배틀 그라운드'라는 국내 게임이 세계적인 성공을 거두면서 '게임 셧다운제'에 대한 찬반논란이 다시금 뜨겁게 부상하고 있다. 하지만 지난 4 월 17 일, 여성가족부는 행정고시를 통해 2019 년 5 월 19 일까지 '게임 셧다운제'를 연장한다고 밝혔다. 정현백 신임 여성가족부 장관도 7 월 4 일 열렸던 장관 후보자 인사청문회에서 게임 셧다운제 유지에 찬성한다는 입장을 밝힌 바 있다. 당시 정현백 여성가족부 장관 후보자는 셧다운제와 게임산업 위축과는 관련성이 없다는 의견을 밝혔다.

그동안 셧다운제라는 제도 앞에서는 항상 찬반이 강하게 대립하고 있었다. 그럴만도 한것이 결국 이는 어떤 행위를 정부가 개인에게 일방적으로 행하지 못하도록 강제하는 일이기 때문이다. 찬성측은 청소년의 학습권과 수면권을 보장하기 위해서 최소한의 규제는 필요하다는 주장을, 반면 반대측은 이는 청소년의 자기결정권과 인권을 침해하고, 실효성이 없다는 주장을 펼치며 신랄하게 다툼을 벌였다. 때로는 큰, 때로는 소규모의 회의에서 갑론을박이 계속되었다.

나는 이렇게 격렬하게 대립하는 두 입장 차이를 보면서 씁쓸함을 느꼈다. 국회, 법원 등에서 펼쳐지는 제도에 관한 활발한 논의는 정작 그것을 당할 대상의 의견을 무시하고 있었다. 어린 신세대에게 행해질 법안이 기성세대들의 흔한 싸움판으로 전락해버리고 만 것이다. 그리고 정작 그걸 당할 우리들은 싸움판 밖에서 밀려나 그 결과가 나오기를 기다리고 받들려야 했을 뿐이다. 또한, 그들의 논의의 바탕에서 청소년은 이미 미성숙하고 주체적이지 못한 대상으로 격하되어 있었으며 기성세대들의 손에 인권이 박탈당해도 되는 존재로 치부되어 있었다. '셧다운제'는 통과 당시에 사회 전반에 정말 큰 파장을 불러왔다. 단순히 법의 적용대상이었던 청소년들에게 뿐만 아니라, 게임 관련 산업을 하던 기업들에게도 적잖은 영향을 미쳤다. 그런데 나는 이 '셧다운제'라는 법안이 통과된 것이 단순히 청소년들이 게임을 못하게 막은 것이 아니라는 생각이 들었다. 이는 분명히 우리, 청소년들에게 또 다른 무엇인가를 남겨놓았다. 왜 우리 사회가 게임을 규제해야만 했던건지... 그리고 왜 그 대상이 청소년이었는지... 나아가 우리 사회의 기성세대가 얼마나 미성숙한지 말이다...

게임을 강요받는 사회

대한민국 만 10 세~65 세의 국민을 대상으로 게임 이용 여부를 조사한 결과, 67.9%로 나타났다.(한국콘텐츠진흥원_2016 게임이용자 실태조사 보고서) 이는 인구의 절반을 훨씬 뛰어넘는 수치이다. 또 청소년으로 그 범위를 한정짓게 되면, 10 대의 게임 이용 비율은 무려 84.9 로 나타났다.(한국콘텐츠진흥원_2016 게임이용자 실태조사 보고서) 위 수치가 말해주듯 우리나라 청소년들의 게임 이용 비율은 상당히 높다. 이제는 게임이 청소년들에게 하나의 문화로 자리잡았다고 해도 과언이 아닌 셈이다. 여기서 이렇게 청소년들에게 왜 게임을 하는지 물어본다면 대부분은 '재밌어서' 라고 답할 것이다. 그런데 우리는 "재밌어서"라는 이 대답에 대해 한번 생각해 볼 필요가 있다. 왜 굳이 재미를 추구하기 위해 게임을 해야한단 말인가? 물론 게임의 원초적 목적이 사용자들의 재미 추구인 것은 맞다. 그런데 게임 이외에 다른 놀이들 또한 재미 추구를 목적으로 존재하는 것들이 많지 않는가. 근데 왜 청소년들은 유독 게임에만 몰두하는 것인가? 이 문제에 답을 얻어내기 위해서는 관점의 전환이 필요하다.

게임이 다른 놀이보다 월등해서 청소년들의 선택을 받은 것이 아니라, 그것을 선택 할 수 밖에 없었기에 그것을 선택한 것이란 말이다.

왜 청소년들이 게임을 선택하고 어느덧 이것이 청소년들에게 하나의 문화로 자리잡힌 지는 현 대한민국 사회를 들여다 보면 알 수 있다. 모든 삶의 목적이 대학으로 향하는 입시 경쟁 속에서 대한민국 청소년들은 많은 억압과 제약을 받으며 살아간다. 그 많은 억압 속에서 어떤 문화를 선택 할 때 받는 것이 바로 시간적, 공간적 경제적 제약이다.

우선 시간적 제약이란, 청소년들이 주체적으로 정할 수 있는 일명 '자유시간'의 제약을 의미한다. 어떤 문화생활을 즐기려면 기본적으로 이러한 자유시간이 필요하다. 하지만 학교, 학원, 과외 등 여러 학업적인 요인들에 대부분의 시간을 빼앗기는 청소년들에게 자유시간은 아주 제한적으로 주어진다. 또 이 자유시간들은 학업이 모두 끝난 후인 밤 시간대로 밀려서 주어진다. 밤에는 모든 학업 노동이 끝난 터인지라 육체적 피로까지 더해지기도 한다. 결국 이렇게 적은 시간, 그리고 밤 시간대에 주어지는 그들의 자유로운 시간은 절대적으로 자유롭지 못할 수 밖에 없다. 이런 상황에서 그들의 문화 활동은 지극히 제한적이며, 때로는 이 마저도 누리지 못하는 경우도 발생한다.

그 다음으로 공간적 제약은 문화를 즐길 수있는 공간의 한정성을 의미한다. 모든 문화는 그 문화를 하기 위한 공간을 필요로 한다. 그런데 문제는 청소년들이 이러한 공간을 제대로 제공받지 못한다는 것이다. 대한민국의 주위 어디를 둘러봐도 청소년 문화시설(수련관, 문화관 등)을 쉽게 찾아볼 수 없다. 설사 극히 드물게 있다 하더라도 그 환경이 매우 열악하여 그곳에서 문화를 온전히 즐길수없는 상황이다.

마지막으로 경제적 제약이란, 말 그대로 문화를 즐기는데 필요한 돈의 제약을 의미한다. 대부분의 대한민국 청소년들은 부모에게 종속되어있다. 이로 인해서 어떤 결정을 할때도 부모의 동의를 구해야하는 것은 물론이고, 돈, 생활 등 많은 부분을 부모에게 지원받는다. 그래서 경제적인 부분은 부모에게 거의 전부 기대있다고 해도 과언이 아니다. 또 만일

부모에게서 독립해 자신이 경제활동을 통해 돈을 번다고 하더라도 이들의 다수는 하위계층에 속한다. 결국, 대한민국 청소년 개개인의 경제적 위치는 절대적으로 약자의 위치에 있는 것이다. 이러한 이들에게 돈이 많이 들어가는 문화 생활은 불가능할 뿐더러 사치인 셈이고, 부모 입장에서도 잘 허락되지 않는다.

이렇게 청소년들은 위의 3가지 장애물 사이에서 선택할 수 있는 문화 놀이의 폭이 극히 제한적으로 줄어들게 된다. 그런데 이 장애물들을 치우고 손쉽게 즐거움을 가져다 주는 것이 바로 '게임'인 것이다. 게임은 언제든지, 낮과 밤 상관 없이 짬짬이 즐길수 있고, 공간의 제한이 비교적 적고, 이용할 때 비용 부담도 적다. 즉 게임은 위 3가지 제약으로 부터 자유롭고, 문화적 유희의 기능도 갖춘, 어쩌면 유일무이한 놀이이다.

결국 청소년들은 여러가지 제약 속에서 잠시나마 휴식을 취하고, 재미를 얻기 위해서는 필연적으로 게임을 택할 수 밖에 없는 것이다. 이는 게임을 강요받는 것과 무엇이 다른가? 그리고 이는 당연스럽게도 청소년 게임 중독 문제를 야기하고, 문화적 편향 현상을 낳는 것이다.

흔히 셧다운제를 찬성하는 측에서는 셧다운제가 이러한 청소년들의 게임 중독을 막을 수 있을것이라고 주장한다. 그런데 청소년의 척박한 현실과 휴식, 유희의 문화인 게임 사이에 연결고리를 살펴보면 과연 게임을 막는 것만이 옳은 방법 인지에 대한 의문이 생긴다. 또한 그들이 표현 하는 '게임 중독'이라는 말이 과연 문화로서의 게임에 대한 바른 표현인지에 대한 의문도 든다. 이들은 또한 청소년들이 게임을 하게된 배경을 매우 단순하게 받아드린다. "게임이 사람을 빠져들게 하는 무언가가 있다", "게임 회사가 게임을 하면서 느낄수 있는 쾌락을 극대화 하도록 유도한다." 이렇게 게임 중독의 원인을 단순히 게임, 게임 회사, 청소년 등 각각의 개별 문제로 삼고, 사회적 맥락은 전혀 고려하지 않는 것은 게임 중독 문제 해결에 근본적인 접근마저 방해한다. 만일 기성세대가 진정으로 청소년의 바른 성장을 위해서 그들의 게임 중독 문제에 대해 깊이 생각해보고자, 청소년의 입장에서 왜 그들이 게임을 택하였는 지를 살펴보았다면, 셧다운제와 같은 임시방편적이고, 문제의 근본에는 발도 들여놓지 않은 제도를 시행하지 않았을 것이다.

주었다가 다시 빼앗는 사회

앞에서 말했듯이 대한민국이 청소년들에게 게임을 할 수 밖에 없게 만들었다. 그리고 당연히 이 사회에는 게임 중독과 같은 부정적인 청소년 문화들이 만들어졌다. 결국 기성세대들은 앞으로 나라의 미래인 청소년들의 앞길이 걱정되어 어떻게 하면 이것을 해결 할 수 있을지에 대해 고민하기 시작했다. 그들이 내놓은 답은 셧다운제였다. 그런데 이는 참 모순 아닌가? 게임을 하도록 권유하는 사회를 만들어 놓은 세대가 정작 게임 문화가 정착되자 그것을 못하게 막는 모양새이다. 심지어 나름 해결책으로 제시한다는 것은 전혀 그 문제의 근본에 다가가지 않은 것이기도 한데 말이다.

여성가족부는 셧다운제에 대해 그 시간을 오전 0 시에서 6 시로 지정한 것은 청소년이 절제를 하지 못하고 밤새도록 게임 하는 것을 방지하여 게임중독을 막고 수면권을 보장하기 위함이라고 밝혔다. 이렇듯 그럴듯한 명분 속에는 몇가지 오류들이 숨어있다.

우선 왜 게임 중독을 막는데 그 대상이 청소년 전체냐는 것이다. 게임 중독에 대한 문제를 해결하려면 셧다운제의 적용 대상이 게임 중독자에게 향해있어야하는 것 아닌가? 모든 청소년이 게임 중독자 즉 규제할 대상이 아님은 분명한 사실이기에 이러한 목표에 대한 대상 설정은 청소년들을 타락한 것으로 취급하는 행동이다. 그리고 이렇한 과도한 대상 제한은 주민번호 도용이라는 문제로 이어지기도 했다. 밤에도 게임을 하고자하는 청소년들은 부모님이나 주위 성인들의 주민번호를 도용하여 청소년 신분을 살피해 게임을 하게 되었다. 그리고 당연하게도 이렇게 번호를 도용해 밤에도 게임을 한 청소년들의 대다수가 게임 중독 청소년이었다. 즉 청소년 중에 게임중독자라 불리워 셧다운제의 주 표적이 되었던 사람들은 오히려 밤에도 게임을 했고, 일반 학생들이 학업을 마치고 밤에 잠시 게임으로 스트레스를 풀려는 것이 막히는 아이러니한 상황이 발생했다.

또한 수면권 보장이라는 말은 명분에 불과하다. 이 말만 보면 결국 셧다운제 시행의 목표는 청소년을 강제로 침대에 눕혀 놓고 재우기 위한 것이나 다름없다. 명분이 '수면권의 보장'이, 이를 바꿔 말하면 '12시 넘으면 잠들도록'이나 다름 없다는 말이다. 같은 논리대로라면 셧다운제는 인터넷강의나 과외 활동에도 적용되어야 하는 것이 아닌가? 입시 공부가 청소년들의 수면권을 침해하는 주범임에도 말이다.

셧다운제는 '빛 좋은 개살구'다. 모양새를 보면 청소년 게임을 줄여 바른 문화를 정착시키려는 시도 같지만 게임 이외에 어떤 문화를 정착 시키려는지에 대한 대안이 없고, 사회현실은 그대로 내버려 둔채로 겉모습만 그럴듯하게 바꾸려는 시도이다. 이 얼마나 근시안적인가..

'미성숙한' 셧다운제 그리고 '미성숙한' 기성세대

위 같은 문제들을 지녔음에도 셧다운제가 법안으로 채택되어 실행된 것은 어찌되었건 청소년 게임 문제가 심각하고 이를 해결해야함을 우리 사회가 느꼈기 때문일 것이다. 그런데 그렇게 절실히 느꼈다면 기성세대들은 보다 근본적인 문제에 대한 질문을 던져야 하는 것이 아닌가? 진정으로 문제를 해결하려면, 그 해결책은 문제점의 배경과 환경을 고려하여 개선해 나가는 방향으로 나아가야하는것이 아닌가?

수박 겉핥기 식의 '셧다운제'는 점점 본래의 의미를 잃어가고 있다. 정작 규제해야할 청소년 게임 중독자들은 제도의 허점을 파고들어 게임을 하고 있고, 선택지에 게임이라는 문화 밖에 없기에 선택했던 청소년들은 이제 그 유일한 문화마저 빼았기고 있다. 이렇게 '셧다운제'의 색깔이 열어질 때, 다른 한 쪽의 의미는 더욱 분명해졌다. 허울과 명분만 있는 제도를 만들고

이에 의지하고 있는 기성세대들의 근시안적이고 비논리적인 모습... 그들의 미성숙함을

섯다운제는 보여주고 있다.

기성세대들은 청소년들의 앞잡이이자 청소년들을 바르게 교육해야 할 존재들이다. 그리고

청소년들은 그들이 지칭한 것처럼 아직 미성숙하고 보호받아야할 존재들이기에 기성세대를

선배로서 선생님으로서 따라야한다. 그런데 아직 미성숙하고 보호받아야할 존재들을

둘러싸는 제도와 나아가 사회가 부조리하다면 청소년, 나아가 대한민국의 미래는 누가 책임 질

것인가? 기성세대의 각성이 필요하다. 단순히 이 섯다운제 이야기만이 아니다. 정치판이 물고

뜯는 투견장으로 비춰지고, 경제, 교육 등 사회 다방면에 부조리가 판을 치고 있으면 그것을

바라보고 자라는 청소년 개개인은 물론이고, 우리 대한민국 사회의 앞으로의 모습은 너무나

뻔하다.

기성세대의 각성이 필요하다. 지금 청소년들은 아무 죄도 없는데 공부라는 감옥에 갇혀

감옥수처럼 공부의 굴레에서 공부하고 있다. 기성세대들이 만든 이런 교육 환경은 겉으로는

교육을 추구하는 사회로 포장될 수 있지만 그 내면에는 OECD 청소년 자살율 최상위,

행복지수 최하위의 대한민국이 있다. 이런 와중에도 그것을 바라보는 기성세대들은 마치 바른

교도관들처럼 관리하고 감시하면서 속으로 웃고 있다. "이렇게 청소년들을 공부시키면 우리

사회를 발전시키지..." 나는 이렇게 직접적으로 말할 수 있다. 그들의 소망은 헛된 꿈이다.

결국 이렇게 힘들게 공부한 청소년들은 어른이 되고 사회에 나가면 현 기성세대들과 같은

모습이 될 것이다. 부정부패, 비리... 청소년들은 그들의 제도 속에서 교육을 받고, 보고 들으며

자랐기 때문이다. 그들은 애꿎은 청소년들을 탓할 게 아니라 그들이 먼저 바뀌어야한다.

문제가 일어나면 급급하게 덮는 모습... 임시방편적 대안으로 장기적 문제 해결을 기대하는

모습... 이러한 모습들은 우리 세상을 점점 내실없이 겉만 번지르르하게 만드는 것이다. 그리고

이렇게 내부 기반이 약한 사회는 결국 무너지기 마련이다.

겉만 번지르르한 세상이여. 한 사회의 성형수술은 그 겉모습을 아름답게 만들지는 모르나,

내면의 아름다움까지에는 칼을 댈 수 없는 법이다. 그런 의미에서 앞으로 우리 사회가 취할

문제들에 대해서는 보다 거시적이고, 근본적이고, 장기적인 관점에서 다가가야 한다. 기성

사회는 변해야 한다. 섯다운제의 번지르르한 포장지를 벗겨 그 내용물을 봐야 한다. 그래야

청소년들이 올바른 것을 보고, 그 길을 따라 걸으며 그제서야 비로소 대한민국이 진정

아름다운 사회로 바뀌게 될 것이다.

4장

남자와 여자의
성역할과 그 의미는 무엇인가

성(性)을 넘어 평등한 인간으로

조재면

'남성' / '여성'

요즘 여성들이 선호하는 결혼 배우자상은 과거와 조금 다르다. 과거에는 단순히 돈 많이 벌고, 멋있는 남자가 인기였다면 이제는 '가정적인 남자'가 바람직한 남편상으로 꼽히고 있다. 나는 여성들의 이러한 대답에 질문을 던지고 싶다. '남편이라면, 아니 같은 집에 사는 사람이라면 모름지기 가정 일을 도와야 하는 것이 아닌가?'

대한민국 사회는 2개로 나누어져 있다. 아니 정확히 말하자면 보이지 않는 우리의 인식 속에서 대한민국은 양분화되어 있다. '남성', '여성'이 바로 그것이다.

　남성과 여성의 차이는 선천적으로 결정된다. 그에 따라서 둘의 시작하는 시점의 차이가 다르게 되고, 자라면서 나아가는 방향도 달라진다. 남성은 자신들을 사회의 중심이라고 생각하며 주체적이고 능동적으로 행동하는 것을 당연시 여긴다. 그리고 권력과 출세의 욕심을 이루려고 노력하는 것 역시 당연시된다. 반면 여성은, 과거 가부장적 풍습이 중심이었던 시대보다는 조금 완화되었지만 여전히 사회적 약자로 분류되고 남성보다는 조금 더 억압받고, 사회적 지위에 제한이 가해진다. '여자는 집안일만 잘하면 되지……', '여자가 어디 권력에 욕심을 부려……'와 같이 우리 사회 속에서 흔히 들을 수 있는 말들이 이런 의식을 대변해 준다.

　또한 우리나라 속담만 찾아봐도 여성 차별적 의식들이 담겨져 있는 내용들을 쉽게 볼 수 있다. 속담은 한 사회의 역사적 전통 의식을 언어로 응축시켜 표현해 냈기에 과거의 관념을 파악하는 통로다. '여자는 남자 손에 붙은 밥풀이다.' 이 속담은 여성은 남성에게 철저히 종속된 존재라는 것을 말해 준다. 여성의 존재 가치는 남성 중심으로 만들진 규범 속에서 순종하는 데 있다는 것이다. 분명 이는 여성이 인격적으로 제대로 된 대우를 받지 못했으며, 그들을 지극히 피동적인 존재로 취급한 것이 사회 전반의 의식이었다고 추론할 수 있다.

그렇다면 이런 성차별은 왜 일어나게 된 것일까?

첫 번째는 남성우월주의, 가부장제 등의 남성이 여성보다 위에 있다는 전통적 의식이다. 남성과 여성을 성별로 나누고 그 중에서 남성이 더 우월하다는 사상은 성차별의 근간이 된다. '성'이라는 선천적 요인을 가지고 서로의 인간성을 인정해 주지 못하고 자신의 성이 더 뛰어나다며 여성들을 무시했던 것이다.

두 번째는 환경적 요인에 의한 성차별이다. 우리나라는 역사적으로 남자는 나라를 다스리고 권력에 힘을 갖는 역할을 한 반면 여성은 소외되어 제한을 받아 왔었다. 아무리 뛰어나고 훌륭한 재능이 있었어도 여성이라는 이유만으로 벼슬에 오르지 못하고, 지위가 상승하지 못하는 것을 너무나도 당연하게 여겨 왔었다. 그리고는 집안일이나 하면서 자신의 능력을 숨겨야만 했다. 그래서 현대에 들어서도 많은 통치 제도나 규범 들은 지배층이었던 남성들에 의해 만들어졌으며 여성들은 어쩔 수 없이 이에 종속되었다. 그리하여 이러한 환경 조건 속에서 억압받고 차별받아 온 것이다.

세 번째는 여성들의 의식 문제이다. 우리나라 여성들에게 자신보다 경제적 능력이 없는 남성과 결혼을 할 수 있겠냐는 질문을 한다면 대부분은 '아니오'라고 대답할 것이다. 물론 남성의 경제적 여건을 크게 고려하지 않는 소수의 여성들이 있긴 하겠지만 다수는 현실이라는 벽 앞에서 능력이 뛰어난 남자를 택할 것이다. 여성들의 이러한 의식은 어찌 보면 가정을 유지하기 위해 당연하게 여겨질 수도 있으나 만일 여성의 경제적 지위가 뛰어났다면 이런 일이 발생했을까 하는 문제는 생각해 보아야 할 점이다. 여성은 그래서 결혼을 할 때 불평등을 전제하고 시작한다. 이는 여성은 집안일을 담당하고 남성이 경제적인 일을 담당한다는 전제가 깔려 있는 의식이다. 그리고 가족이라는 특성상 자녀들도 이러한 의식을 부모들에게 배우면서 자라고 또 축적되어 계속해서 후대에까지 전해지는 것이다. 전업주부라는 말은 있어도 전업남편이라는 말은 없다. 최근에는 일부 여성들이 사회적 능력이 있어서 가정을 운영할 수 있는 여건이 되어도 전업남편을 바라지 않는 것이 현실이다. 이렇듯 여성들의 의식에서부터 시작한 가정 불평등은 사회로까지 이어지며, 이대로는 사회적 양성평등을 기대하기는 어렵다.

여성의 권리를 지키자…… 페미니즘 사상

그런데 여성이 극단적으로 수직적 권력 관계에 놓였었던 과거와는 달리 현대에 들어 여성의 지위가 조금씩 상승하고 있다. 그리고 여성들이 남성으로부터 해방되고 전보다는 더 많은 권리를 누리게 된 것도 부정할 수 없는 사실이다. 그러나 변화의 움직임이 나타나는 것은 분명하지만 아직까지 성별의 색안경으로 남녀를 바라보는 한계는 분명히 존재한다. 그래서 이러한 '여성'의 입장을 대변하고 양성평등의 이념을 추구하고자 하는 '페미니즘' 사상이 최근에 큰 주목을 받고 있다. 요즘 TV 프로그램이나 SNS만 봐도 쉽게 '페미니즘'이라는 단어를 접할 수 있다. 그리고 연예인과 같은 공인들도 자신이 페미니스트라고 당당히 밝히고 평등한 권리를 향하여 나아가고 있다.

페미니즘의 사전적 정의는 '성차별적이고 남성 중심적인 시각 때문에 여성이 억압받는 현실에 저항하는 여성 해방 이데올로기'이다. 여성 억압의 현실을 객관적으로 바라보아 올바르게 파악하고 그 해결책을 모색하는 것이 그들의 주된 활동이다. 이를 통해 남성 중심 사상을 퇴치해 나가고 사회 전체의 의식을 개선해 나가고자 한다. 한마디로 인간은 모두 지역, 인종, 성별 등에 관계없이 평등하게 존중받는 사회에서 살기를 원하기 때문에 이러한 인식 아래 여성들이 뭉친 것이다.

페미니즘은 1800년대 후반부터 등장하기 시작했다. 이를 '제1의 물결'이라고 부르는데, 주로 미국과 영국의 참정권 운동을 지칭한다. 당시 여성들은 남성만이 시민으로 인정되어 정치적 권리를 행사할 수 있었던 현실에 대항하여 인간으로서 기본 권리인 참정권을 보장받고자 투쟁하였다. 이어서 1960년대 후반부터 시작된 여성운동을 '제2의 물결'이라고 부른다. 이때의 운동들은 학생운동, 흑인운동 등과 같은 반체제 운동과 맥을 공유하면서 일어났다. 여기서 여성들은 참정권을 넘어서 평등권, 그리고 여성의 해방을 주장했다. '제3의 물결'은 1990년대부터의 페미니즘 운동을 지칭하며 이때에는 보다 개인적 다양성에 관심을 두었다. 각 개인의 경험에 집중하며 다양한 성적 정체성을 존중했다. 개개인의 경험에 관심을 갖고 성적 정체성의 다채로움에 관심을 가졌다. 최근 페미니즘 활동을 살펴보면 유엔 여성 권익 총괄기구인 유엔여성기구(UN Women)가 벌인 글로벌 양성평등 캠페인 '히포시(He For She)'나 낙태금지법 반대 운동, 그리고 대한민국을 발칵 뒤집었던 '강남역 묻지마 살인 사건'에 대한 강남역 10번 출구 추모 운동 등이 있다.

그러나 페미니즘에 대한 관심도가 높아질수록 이를 비판하는 목소리도 많아지고 있다. 반페미니즘론자들은 페미니즘이 과도하게 여성의 특권을 주장하는 것이 아니냐는 말을 한다. 즉 여성들이 권리 앞에서는 최대한의 권리를 누리기 위해 강력하게 주장하고, 의무 앞에서는 약자로 돌변해서 약하니까 보호받아야 한다는 태도를 취한다는 것이다. 물론 일부 페미니스트들은 페미니즘이라는 명목하에 '성평등'이라는 본래 목적과 맞지 않는 비윤리적 언행, 남성 비하 행위 들을 하고 있긴 하다. 그러나 페미니즘이라는 사상이 이러한 소수의 일탈자들 때문에 비판받기에는 그 본래 목적이 너무나도 아깝다. 페미니즘은 단순히 여성 운동을 넘어서 인권 보호 운동이나 다름없기 때문이다.

페미니즘은 과거부터 축적되어 온 우리 인간들의 관념, 그중 특히 남성들의 관념과 정면충돌한다. 그렇기에 힘든 고충들이 너무나도 많다. 사회 전반의 의식을 개선하는 일이 어찌 쉬울 수 있을까? 그래서 분명 페미니즘은 이 시점에서 누구나 한번쯤은 깊게 생각해 보아야 하는 문제인 것이다.

페미니즘을 반대한다

21세기 들어 여성의 사회적 지위는 점점 상승하고 있다. 여성은 이제 더 이상 남자에게 종속된 존재가 아닌 인간으로서 소수자라는 굴레에서 어느 정도 해방된 자리에 있다. 슈퍼우먼, 골드미스 등의 신조어들은 이러한 여성의 위치를 대변해 준다. 그리고 이렇게 여성이 권리를 획득하는 데 있어서 페미니즘 운동의

공이 컸다. 성평등이라는 목적을 가진 여성들이 하나로 통일된 일념을 가지고 모여 여성운동을 벌인 결과이다.

그런데 '성'이라는 것이 남성과 여성으로 이분화되다 보니 당연하게도 페미니즘을 아니꼽게 보는 사람들이 등장하기 시작했다. 앞서도 언급했듯이 반페미니즘론자들은 페미니즘 반대는 물론이고 이제는 아예 여성이라는 존재 자체를 혐오하기 시작했다.

여성들이 과거와는 다른 감수성과 가치관을 갖게 된 것이 혐오의 대표적인 이유이다. 현대 여성들은 연애나 결혼에 대한 태도가 과거와는 매우 달라졌다. 과거의 여성들이 결혼 생활에 있어서 지녔던 남성 의존적 경제 관계, 차별적 성역할에 근거한 수직적 남녀 권력 관계 그리고 이러한 불리한 조건에 구속받는 고착화된 삶을 지녔다면 현대 여성들은 보다 큰 욕망을 표출하게 되었다. 연애에 있어서도 여성의 결정이 보다 더 중요하게 되었고, 고학력, 디지털 발전, 욕망에 대한 솔직함 등의 여러 가지 요소들이 이제는 더 이상 남자가 여자를 종속시키지 못하는 결과로 이어졌다. 이는 사실상 당연한 인간으로서의 권리이지만, 일부 남성들은 이를 받아들이지 못하는 것이다. 그래서 여성이라는 이유만으로 그들에게 '혐오'라는 비난의 화살을 당기기 시작했다.

그리고 여성들이 점차 커리어 측면에서도 더 성장하자, 남자들은 전과는 다르게 여성에 대해 경쟁 의식을 느끼게 되었다. 이렇게 기존의 규범에서 벗어난 새로운 여성상의 등장은 남성들의 위기 의식 심화로 이어졌다. 그리고 이러한 위기 의식은 극단적으로 '여성 혐오'라는 감정으로까지 이어지게 되어 점차 여성 혐오자들이 늘어나게 된 것이다.

결국 일부 남성들도 페미니스트처럼 연대하기 시작했다. 남성들은 반여성, 반페미니즘의 의식으로 모여서 남성 사회의 결속을 다졌다. 경제적 공포, 불안 심리, 계층 상승의 좌절 등의 원인들이 응축되어 여성이라는 대상에게 부정적 감정을 드러내게 되었다. 이 감정은 혐오를 비롯해 우울, 체념, 분노 등으로 나타났으며, 그 결과 우울한 일들이 우리 사회에 등장하게 되었다.

'여성 혐오'가 불러온 것

혐오라는 것은 매우 위험한 감정이다. 무엇인가를 극심하게 싫어한다는 생각은 단순히 그러한 마음속에서 그치지 않고 언제든지 부정적인 행동으로 이어질 수 있기 때문이다. 그리고 정작 행하는 사람은 그 행동이 자신의 신념과 부합하는 것이기에 사태의 심각성을 알지 못하는 순간 문제가 발생될 수 있다.

2016년 5월 17일, 여성 혐오라는 고도의 응축된 혐오 감정이 일으킨 살인 사건이 일어났다. 이는 일명 '강남역 살인 사건'이라고 불리며 큰 이슈가 되었고, 대한민국에 여성 혐오라는 주제를 강력하게 던져 주기도 하였다. 당시 한 남자가 서울 강남역 인근 화장실에서 한 여성을 칼로 찔러 무참히 살해했다. 범인과 여성은 전혀 모르는 사이였고, 범행 후에 그는 "평소 여자들에게 무시를 많이 당해 왔는데 더 이상 참을 수 없어 범행을 저질렀다"는 말을 남겼다고 한다. 심지어 그는 칼을 들고 화장실 앞에 서 있다가 남성 6명은 그냥 지나쳤고, 오직 여성이 오기만을 기다려 살해했던 것이다.

전 국민은 이에 분노했다. 단지 여성이라는 이유만으로 잠재적 살인의 피해자가 될 수 있다니……. 이에 여성 단체들은 적극적으로 들고 일어섰다. 우리 사회의 심각한 성 불평등 문제를 지적하며 사회 전반의 의식 개선을 촉구하는 활동들을 벌이기 시작했다. 특히 한국여성단체연합은 성명을 내걸고 '강남역 묻지마 살인은 우리 사회의 여성을 비롯한 소수자에 대한 혐오와 폭력이 증가하는 상황에서 발생한 사건'이라며 '한국 사회 모든 구성원의 책임 의식과 성찰이 필요하다'고 밝혔다. 그리고 이어 경찰청에 따르면 '강남역 여성 살해 사건은 단지 일탈한 개인이 저지른 우발적 사건이 아니고, 강력 범죄 피해자 중 여성 비율이 90.2퍼센트(2013년)로 여성에 대한 폭력이 일상화하고 있어 여성의 안전이 심각하게 위협받고 있다'고 지적했다. 한마디로 꼭 여성 혐오 범죄만이 아니더라도 여성이라는 이유만으로 범죄에 더 많이 노출되어 있다는 뜻이다.

물론 사실 이 '강남역 살인 사건'을 두고서 여성 혐오 범죄가 아니라고 주장하는 사람들도 있다. 그들은 범인의 범죄가 계획되지 않았던 점, 표면적 동기가 없었던 점, 피해자와의 관계에서 직접적 범죄 촉발 요인이 없었던 점 등을 들면서 이 사건을 단순한 정신질환으로 인한 '묻지마 범죄'라고 주장한다. 그런데 그들의 이러한 주장은 우리 사회가 얼마나 여성의 인권 문제를 사소하게 취급하는지 알 수 있는 대목이다. '정신질환에 의한 묻지마 범죄이기 때문이지 꼭 여성이어서 피해자가 되었던 것이 아니다'라는 말로만 이 사건을 묻으려 한다면 후에 더 큰 사건이 일어났을 때 밀려올 안일한 대처에 대한 후회는 누가 책임질 것인가? 이 사건을 '젠더' 불평등 문제로 인식하고 공감해 나가는 것이 또 다른 여성 살해를 막기 위한 출발선일 것이다.

'강남역 살인 사건'은 여성에 대한 편견과 차별이 폭력으로, 나아가 극단적 범죄로 이어질 수 있음을 보여 준 비극적인 사건이다. 이를 통해서 우리는 우리 시대의 여성의 처지를 읽을 수 있다. 단지 여자이기 때문에 사회적으로 차별받아야만 했던 것을……

양성평등을 향한 길

'남성'과 '여성'은 성별로 나뉘기 이전에 모두 '인간'이다. 그들은 모두 똑같이 존중받아야 마땅한 '인간'이다. 인간은 그가 속한 성별로 개인이 가진 개성까지 분류될 수는 없다. 남성과 여성 모두가 같은 인간으로 받아들여지는 사회로 나아가는 것이 정의로움이며 우리가 추구해야 할 방향성이다. 물론 우리의 의식 속에는 아직까지 차별적 사상들이 너무나도 많다. 그래서 단기간에 쉽게 바뀌어지지는 않을 것이다. 그러나 그렇다고 해서 작은 발걸음조차 내딛지 않는다면 정의로운 사회를 향한 움직임은 앞으로도 전혀 일어나지 않을 것이다.

뿌리 깊은 성차별적 의식과 서로를 혐오하는 의식이 바뀌기 위해서는 국민의 전체적 의식 개선이 뒷따라야만 한다. 아무리 양성평등을 위한 사회적 제도들이 마련된다고 해도 정작 의식이 바뀌지 않는다면 그런 것들은 모두 실효성 없는 허수아비가 될 것이기 때문이다. 그리고 그러한 의식 개선은 가정에서부터 실현되어야 한다고 생각한다.

가정은 인간의 가장 기초적인 사회화 기관임과 동시에 가장 성차별적 전통이 많이 녹아 있는 곳이기도 하다. 그래서 인간은 사회화의 시작을 성차별과 함께한다. 그래서 가정의 의식을 개선한다는 것은 성차별의 가장 본질적인 부분을 고쳐 나간다는 것이다.

　가장 우선적으로 가정에서 행해져야 할 것은 집 안의 일과 집 밖의 일을 성역할에 고정하지 않고 적절하게 조절하는 것이다. 앞서도 말했듯이 여성은 가정일, 남성은 사회-경제적인 일로 이분화하면 남성 아래 여성을 종속시켜 결국 사회적 불평등이 초래된다. 이를 개선하기 위해서는 여성의 경제 활동 참여가 필요하다. 여성들이 해 온 일에 대한 정의와 평가의 편파적인 측면에도 불구하고, 자본주의가 진전됨에 따라 여성의 공식적 경제 활동 참여율이 증가하는 것은 대부분의 사회에서 공통적인 현상이다. 특히 기혼 여성의 경제 활동 참여율이 지속적으로 증가하고 있는 것은 이런 변화의 시작이다. 여성이 경제 활동을 하게 되면 경제적으로 남편으로부터 해방될 수 있어서 수직적 관계가 조금이나마 해소될 수가 있다. 또한 여성도 경제 활동을 통해 자신의 능력을 사회에 표출할 수 있게 되어 보다 자율적이고 능동적인 사고가 가능해질 것이다. 그리고 이렇게 여성의 사회 참여가 계속되다 보면 많은 여성들이 권력층에 위치할 수 있게 되어 사회 구조에도 여성과 남성이 평등한 상태가 이루어질 것이다.

　그리고 필요한 것은 어릴 때부터 올바른 양성평등 교육을 받는 것이다. 어떤 환경에서 어떤 정보를 배우며 자랐냐는 것은 후에 개인의 사고에 중요한 영향을 준다. 따라서 어릴 때부터 성평등 교육을 제대로 받는다면 그러한 세대들이 기성세대가 되면서 양성평등이 자연스럽게 실현될 것이다. 그리고 그 양성평등 교육은 페미니즘적 사상에 기반해야 한다. 페미니즘, 즉 양성평등 사상은 절대적 타자인 남녀가 상호 공존할 수 있는 방안을 효과적으로 제시한다. 서로를 적대적 관계가 아닌 '우리'로 인식하는 관념이 그 시작이다.

남성과 여성의 관계 변화는 단지 한쪽에서 열렬히 원한다고 쉽게 이루어지는 것이 아니다. 시민의 의식 자체가 변해야 하며 그에 따라 제도들도 변해야 한다. 물론 여기에는 남성들의 보다 적극적인 지지가 필요하다.

이제는 더 이상 '가부장적인 문화를 개선하자'는 구호는 남녀 평등을 외치는 우리의 심경을 모두 표현하기에는 역부족이다. 남성과 여성의 서로에 대한 진정한 이해와 배려가 바탕이 되어야 한다. 여성, 남성이라는 울타리와 틀을 만들고 거기에 맞춰 활동을 스스로 제한하려는 그 마음 자체를 버려야 하며, 여성이든 남성이든 각자의 개성을 지닌 특별한 인격체로 스스로를 인정하는 과정이 반드시 필요하다. 그래야 혐오와 같은 문제로 일어나는 비극적인 일도 막을 수 있을 것이다. 우리는 모든 인간은 평등하고 남자와 여자는 모두 다 같은 소중한 인격체라는 것을 절대 잊어서는 안 된다.

페미니즘이니 남녀평등이니 하는 말조차 필요하지 않게 된 어떤 미래의 시간에는 여성으로 태어났기에, 또는 남성으로 태어났기에 힘들고, 고통스러운 삶을 살아가는 이 없이 모두 자신의 개성을 발휘하며 행복하게 살아가는 우리들의 모습을 발견할 수 있을 것이다.

남녀평등, 인간의 발견

조정래

비극의 뿌리, 남녀 역할 분담

하늘은 인간을 창조하되 남녀로 구분했다. 그 구분이 곧 남녀 역할 분담의 시원이었다. 첫 번째가 씨와 밭의 생식 역할이었다. 그 구분은 조화로웠는데, 애초에 남녀로 구분할 때 한 가지 문제점이 내포되어 있었다. 그건 다름이 아니라 남과 여의 완력의 차이가 너무 현격했다는 점이다. 아니, 이것도 하늘의 뜻에 따라 '낳아서 불려 나가는' 생식의 임무만 충실히 해 나간다면 그보다 더 완벽한 조화는 없었을 것이다. 하늘이 남과 여의 힘의 차이를 그렇게 둔 것은 여자는 애를 낳아서 기르고, 남자는 아내와 아이들을 먹여 살리는 노동을 하는 데 꼭 그만큼씩의 힘이 필요했기에 그런 배분을 했을 것이다.

그런데 인간은 하늘이 내린 그 임무와 역할에만 충실한 것이 아니라 또 다른 행위를 도모하고 나서면서부터 하늘의 뜻을 거역하는 유일한 동물이 되기 시작했다. 그러니까 남자들은 여자들보다 센 완력을 처자식을 먹여 살리는 데만 얌전하게 쓴 것이 아니었다. 유독 완력 강한 남자가 주변 남자들을 하나씩 제압해 나가면서 힘을 조직화하기 시작한 것이다. 이 들녘, 저 산골에서 그런 남자들의 조직이 무수히 생겨나면서 상호 충돌은 불가피하게 되었다. 사나이들의 지배욕의 분출이었다. 그 충돌은 전쟁의 시발이었고, 그 전쟁은 무기라는 것을 만들어 내기 시작했고, 그 살육의 승자는 국가라는 권력 구조를 탄생시키게 되었다. 씨족 국가, 부족 국가, 통일 국가, 민족 국가……. 그래서 인간의 3대 발명품 중의 하나인 '정치'라는 괴물이 등장하게 된 것이다(나머지 두 가지는 종교와 언어이다).

정치란 사나이들의 끝 모를 지배욕을 채우기 위한 인정사정없고, 무자비하기 이를 데 없는 기술이고 술수다. 그것은 긴 인간사 속에서 끝없이 되풀이되어 온 무수한 전쟁과 온갖 야비한 정략들이 잘 보여 주고 있다. 정치란 곧 '인간 노예화'이기도 한데, 그것을 없애 버릴 수 없는 것이 인간 세상의 크나큰 비극이기도 하다. 국가라는 것이 수없이 많은 문제점을 가지고 있는, 한없이 낭비적이면서 놀랍도록 폭력적인 조직이라는 것을 알면서도 없

앨 수 없는 한, 그 정치라는 고약한 괴물도 인간사의 필요악일
수밖에 없다.

그 비극적 체념 속에서 국가와 정치는 수천 년에 걸쳐서 남자
들의 독점물이 되어 왔다. 국가 권력을 완전 장악한 남자들의 행
위는 하늘의 선의에 대한 철저한 배반이었다. '낳아서 불려 나가
는' 생식의 임무에 충실하라고 여자보다 더 크게 준 힘을 엉뚱하
게 오용했기 때문이었다. 하늘은 자기가 순수하게 내려 준 그 힘
을 남자라는 것들이 그렇게 교활하게 악용할 줄은 전혀 예기치
못했으리라. 남자들은 국가라는 건축물을 세우고, 거기에 왕을
비롯한 온갖 권력 기구를 만들어 나갔다. 그건 자기네 영역 속
에 들어 있는 인간들을 가장 효율적으로 지배하기 위한 지능적
수단이었다.

모든 권력의 2대 특성은 횡포와 부패다. 국가 권력을 장악한
남자들이 저지른 가장 큰 횡포가 있다. 그것이 무엇일까. '남녀
의 차별'이다. 신성한 생식을 위해 남녀를 구분한 하늘의 순수한
뜻을 배반한 남자들은 자기네가 조작해 낸 권력의 힘으로 남자
와 여자를 차별하는 악랄한 행위를 저지르고 나섰다. 차별—남
자와 여자는 근본적으로 '다르다'는 것이었다. 남자는 우월하고
여자는 열등하며, 남자는 존귀하고 여자는 비천하며, 남자는 지
혜롭고 여자는 아둔하며……, 심지어 남자는 영혼적 존재이나
여자는 영혼이 없는 존재라는 것까지, 남자들이 수천 년에 걸
쳐서 조작해 낸 차별의 언어들은 많고도 많다. 이것은 남자들

이 하늘의 뜻을 얼마나 철저하게 거역했는지를 잘 보여 주는 증거들이다.

인종, 지역을 구분할 것 없이 남자들은 세계 도처에서 수없이 많은 국가들을 만들어 냈고, 그 권력을 이용해 여자들을 철저하게 차별하고 핍박한 것은 어쩌면 그리도 똑같은지……. 남자라는 존재들의 그 잔혹한 지배욕이 가상하고도 신기할 따름이다.

대표적 차별, 성적 노리갯감

남자들이 두 번째로 저지른 하늘에 대한 배신 행위는 성을 오락으로 삼은 것이다. '낳아서 불려 나가는' 신성한 임무에 쓰라는 성을 남자들은 불손하게도 쾌락적 오락으로 오용하기 시작한 것이다. 그 오락의 도구가 여자였고, 권력 가진 남자들 앞에서 여자들은 성적 노리갯감으로 전락했다.

여자들을 성적 노리갯감으로 삼은 대표적인 위인들이 각국의 왕이요 임금님 들이었다. 그들은 드높게 쌓아 올린 견고한 성 안에 젊고 예쁜 여자들을 양껏 가두어 놓고 쾌락의 늪에서 허우적거렸다. 그중에서 단연 으뜸이 1만 궁녀를 거느렸다는 진시황이며, 낙화암에서 3천 궁녀가 투신해 죽게 한 백제 의자왕도 진시황 못지않은 인물이다. 왜냐하면 국가의 면적과 인구 비례로 따지자면 그 비중이 엇비슷할 것이기 때문이다. 어쨌든 그 3천 궁녀를 매일 세 끼씩 먹여야 하고, 철 따라 입혀야 하니 그 비용이 얼마일 것인가. 그 감당은 물론 백성들이 했어야 했으니 그 고달픔이 얼마였을 것인가. 신라가 삼국통일을 하고 나서 500년, 고려 고종 때의 몽고병란까지가 200여 년, 그 700여 년 세월이 지나 팔만대장경을 만들어 낼 때 고려 인구가 290여만 명이었다. 그렇다면 세 나라로 분할된 백제가 망할 때의 인구가 얼마쯤이었을지 대강 짐작이 간다. 그 작은 인구가 3천 궁녀를 먹여 살려야 했으니 그 백성들의 삶이 어떠했을까. 그래, 모든 전설은 과장되기 마련이다. 그 점을 충분히 이해해서 3천을 3백으로 줄여 주자. 무위도식하는 3백의 입을 매일 먹여 살려야 하는 일인들 수월할 수 있는 것인가. 그 어느 나라든 왕조 시대의 백성들은 임금님들의 고상한 오락을 뒷바라지하느라 지옥살이를 면할 도리가 없었다. 어디 그뿐인가. 임금 아래 권세 부리는 벼슬아치들이 겹겹으로 쌓여서 또 임금님과 똑같은 오락을 즐기시니, 그 비용 또한 백성이 바쳐야 되는 것 아닌가. 그래서 봉건 시대는 노예 시대가 될 수밖에 없었다.

그 폭력적 국가 권력을 행사하는 자들은 여자를 노리갯감 삼으면서 남성 신화까지 만들어 냈다. 남존여비—남자는 존엄한 존재이고 여자는 비천한 존재다. 그 남성우월주의는 세상 모든 남자들의 절대적 환영을 받으며 '사상'으로 굳건한 뿌리발을 했고, 육체적으로 약한 데다 정치 권력도 경제 권력도 없는 여자들은 속절없이 남자들 성욕 앞에 노예적 굴종을 할 수밖에 없었다.

그 남존여비 사상은 남아선호 사상을 낳았고, 아들을 낳지 못하는 여자는 사람 취급을 못 받으며 시앗을 보는 아픔을 견뎌 내야 했다. 그리고 같은 여자이면서도 딸을 가볍게 취급하고 그저 아들을 떠받드는 일에 앞장섰다. 그러니까 수백 년에 걸쳐 강고해진 남아선호 사상의 충실한 실천자는 어이없게도 여자들이었던 셈이다. 긴 세월에 걸친 굴종은 그렇듯 골수에 박힌 인습으로 인간을 지배한 것이었다.

지금 대한민국은 '미투(#MeToo: 나도 당했다)', '위드유(#WithYou: 당신을 응원해)'의 폭풍이 전 사회를 뒤흔들고 있다. 그 기세는 세상을 뒤바꾸고 말 것 같은 사회 혁명적 파도를 일으키고 있다. 각 분야에서 이름깨나 지니셨다고 하는 남성 동포들께서 '색마', '호색한', '괴물'로 가차없이 추락하고 있다. 그 추한 몰골들은 오랜 세월에 걸쳐 인습으로 굳어진 남존여비 사상에 따라 여자를 성 노리개로 농락했기 때문이었다. 그들은 세상이 바뀐 것을 의식하지 못했고, 여자들이 저항의 시대정신을 갖추었다는 것을 인식하지 못했던 것이다.

몸은 민주주의 인권 사회에 살고 있으면서 의식은 봉건 시대 인습에 젖어 있었으니 세상의 손가락질을 당하여 비참하게 몰락하는 것은 너무 당연한 일이다. 사람은 누구나 자기에게 유리한 기득권에 안주하기 마련이다. 지금 이 시대 남자들 중에 구시대의 남존여비 사상을 완전히 떼쳐 낸 사람들이 얼마나 될까. 날마다 성추행, 성폭행을 범한 남자들의 이름이 새롭게 폭로되고 있는 미투 열풍 속에서 수없이 많은 남자들이 조마조마한 가슴으로 벌벌 떨고 있다는 말이 떠돌고 있다. 그건 결코 과장이 아닐 것이다. 지금 드러난 것은 그야말로 빙산의 일각일 뿐이라는 말이 사실 그대로일 것이다. 그만큼 이 땅의 남성들은 구시대의 인습에 푹 취해 수컷의 성욕을 남발해 온 것이었다. 민주 의식이라고는 없이 같은 성씨라고 해서 종친회의 결정대로 민주 선거의 투표를 하는 것처럼. 인권 평등과 인간 존중의 민주주의 시대에 걸맞은 의식 개조를 한 번도 한 일이 없으니 여자는 여전히 성 노리갯감일 뿐인 것이다.

남자들이 꾸민 음모와 박해

국가적·사회적 권력을 모두 장악한 남자들은 여자들을 성 노리개로만 농락한 것이 아니었다. 동서양 똑같이 마귀며 귀신 같은 악역은 다 여자가 하게 만들었다. 끔찍한 모습을 한 온갖 마녀와 귀신 들은 모두 여자의 둔갑이었다. 그런 이야기를 지어내는 이야기꾼들 역시 다 남자들이었으니, 그 영리한 교활이 감탄스럽지 않을 수 없다. 그런데 그와 반대로 모든 종교의 신은 어떠하신가. 그 모습이 하나같이 근엄하게 잘생긴 남자의 형상 아닌가.

어디 그뿐인가. 여자의 목숨을 짐승과 다를 것 없이 하찮게 여겼음을 보여 주는 증거들이 여럿 있다. 양 같은 짐승처럼 여자를 산 채로 신의 제물로 바쳤다. 신은 남자이시니 여자를, 그것도 순결한 처녀를 바치는 건 당연하다는 논리였다. 그리고 또 순장이라는 것이 있다. 산 사람을 죽은 자의 무덤에 함께 묻었다. 그것도 계급에 따라, 왕이면 더 많이, 귀족이면 좀 적게 산 여자들을 억지로 파묻었다. 여자 생명 경시의 극치였다. 그 무덤에 사자가 생전에 타던 말도 함께 묻었으니, 여자는 곧 짐승과 똑같은 남자의 소유물일 뿐이었다.

그런데 남자들의 지능적인 음모와 횡포는 그것으로 끝나지 않았다. 더 크나큰 작당이 또 있었다. 남자들이 무장을 갖추어 나라를 지키지 않으면 적들이 당장 쳐들어온다! 이 성스러운 국가 수호론 앞에 여자들은 일언반구 꼼짝도 못하게 된다. 그래서 남자들이 활 들고, 창 들고 숲속으로 사라지면 여자들은 옆구리에 매달린 아이에게 젖을 빨리면서도 농사일에 허덕여야 했다. 그런 고달픈 삶을 이어 가기를 10년, 20년. 적은 쳐들어오지 않았다. 그렇다고 남자들보고 농사를 지으라고 할 수도 없었다. 군대가 없어지면 적이 곧 쳐들어올 것 아닌가! 그 두려움 앞에서 전쟁 없는 병정놀이는 세계 도처에서 긴 세월 동안 계속되어 왔고, 남자들은 나무 그늘에서 신선놀음을 맘껏 즐기고 있었던 것이다. 그런 실태는 지금도 아프리카 도처의 부족 마을에 그대로 남아 있다. 그리고 터키와 인도같이 근대화된 나라에서도 빈둥빈둥 노는 남자들이 숱하고, 그 아내들이 농사일까지 도맡고 있는 형편이다.

그러나 남자들의 교활한 음모와 횡포는 여기서 끝나지 않았다. 자기들은 성 문란을 제멋대로 맘껏 자행하면서도 여자들이 어쩌다 저지르는 성 이탈에 대해서는 잔인무도하게 다스렸다. 탕녀의 처단이 그것이었다. 불륜을 저지른 여자에 대해서는 서양에서는 뭇사람들이 둘러서 돌로 쳐 죽였고, 동양에서는 불태워 죽이거나 목매달아 죽이거나 덕석말이를 해서 죽였다. 그 잔인한 처형을 주도한 것은 물론 남자들이었다. 더 어이없는 것은 여자만 그렇게 모질게 죽였지, 그 상대인 남자에 대해서는 어떻게 한 일이 없었다. 참으로 감동적인 동료 의식이 아닐 수 없다.

그 여자 닦달하기의 극치가 우리의 조선 500년 동안에 서슬 퍼렇게 집행되어 온 '칠거지악'이 아닌가 한다. 그건 한 남자의 아내가 된 여자가 범해서는 안 되는 일곱 가지 허물이었다. 곧, 시부모에게 불순한 것, 아이를 낳지 못하는 것, 음탕한 것, 질투하는 것, 나쁜 병이 있는 것, 말이 많은 것, 도둑질하는 것. 이 일곱 가지 중에서 하나만 범해도 시집에서 내쫓겼다. 그럼 그 여자는 어디로 가야 하나? 친정으로? 친정에서는 집안 망신시켰다고 받아주지 않았다. 그리고 세상 사람들은 시집에서 내쫓긴 망녀라고 일제히 손가락질하며 왕따를 시켰다. 여자 혼자 자립해서 살 길이 막막했던 세상에서 그런 여자들이 갈 길은 딱 한 군데밖에 없었다. 뒷산 소나무에……

　그 일곱 가지 허물 중에서 가장 남성 중심적으로 야비함을 드러낸 것이 '질투하는 것'이었다. 이 조항이야말로 성욕을 맘껏 채우고자 하는 남자들의 파렴치한 이기주의를 거침없이 드러내고 있다. 남자들은 자기네가 얼마든지 바람을 피우고 축첩을 할 수 있도록 길을 열어 놓은 것인데, 이보다 더한 막가파식 결정이 어디 또 있을 것인가. 시앗에 대한 질투의 불길은 쇠도 녹인다는 말이 있다. 그런데 여자들은 그 불붙어 오르는 감정을 참고 또 참아 내면서 시앗과 함께 한 집 안에서 살아야만 했다. 그 질투의 불길에 인내의 찬물을 끼얹으며 가슴에 응어리가 겹겹이 쌓이게 되고, 그것은 끝내 한이 되었다. 그 한은 '가슴앓이'라는 세계에서 유일한 '한국병'까지 생겨나게 했다. 그래서 한국의 문학 작품에 그려지고 있는 한(恨)을 외국에서는 (세계적인 대영백과사전을 비롯해서) 어떻게 할 수가 없어서 그저 'Han'이라고 번역 아닌 표기를 할 뿐이다.

여성 인권을 찾는 길

　지난 20세기에는 세계적으로 식민지 국가들이 거의 다 없어졌다. 그리고 여성이 남성과 동등해진 여성 해방의 시대, 여성 인권의 시대라고도 불린다. 그러나 여성은 과연 남성과 동등한 인권을 확보하고 있을까.

아니다. 세계 도처에 아직도 차별의 그늘이 드리워져 있다. 사우디아라비아를 비롯한 이슬람 국가들은 지금도 합법적으로 아내를 넷씩 거느릴 수 있다. 돈이 없어서 그 권리를 향유하지 못할 뿐이지 그 나라 남자들은 아내 넷을 갖기를 못내 바라고 있다. 그런데 아내 넷을 가지려면 엄청난 돈이 들어간다. 법은 네 아내에게 무엇이든 차등 없이 똑같이 해 주어야 한다고 규정하고 있기 때문이다. 거처하는 집부터 크기가 똑같아야 하고, 옷도 똑같이 한 벌씩 해 주어야 하고, 구두며 시계며 다 똑같이 하나씩 사 주어야 하는 식이다. 그러니 아내 넷을 거느리는 것은 부자들만이 누릴 수 있는 특권인 셈이었다. 그러므로 아내의 수에 따라 부의 차등이 드러나고, 아내를 하나만 가진 사나이는 부의 열등감에서 벗어날 수 없는 것이다. 하얀 옷을 입은 남자를 검은 히잡으로 몸을 휘감은 여자 넷이 에워싸고 앉아 있는 모습은 참 기이하고 경이롭기까지 하다.

그럼 대한민국은 어떠한가. 엄연히 일부일처제다. 축첩한 공무원들은 무조건 파면시켰던 것이 박정희 시절이었다. 그 단호한 조처로 일부일처제가 확고히 자리 잡은 것은 분명하다. 그러나 그건 법적인 문제일 뿐이다. 이 나라에도 예외는 엄연히 존재한다. 깔려 죽을 만큼 돈이 많은 사람들은 그 돈의 힘으로 여자들을 맘대로 거느릴 수가 있다. 그거야 법이 보장하는 사생활 영역이니 많은 사람들은 그런 소식을 소문으로 듣고, 먼발치에서 구경거리로 삼으면서 서로 수근거리는 재미나 느낄 뿐이다. 돈의 위세 앞에서는 시대 변화라는 것이 아무런 힘도 쓰지 못하는 것이다.

세상은 왕이 절대 권력을 휘두르는 봉건 독재를 언제까지나 용납하지 않았다. 여러 나라에서 천부인권설, 인간평등주의, 인권선언, 그리고 혁명이 연이어 일어나면서 세상은 차츰차츰 바뀌어 나갔다. 그 흐름을 타고 여성의 인권도 해방과 독립을 향해 나아가기 시작했다.

그 확실한 성취가 참정권 획득이라고 할 수가 있다. 법으로 다스려지는 사회에서 법과 제도를 만드는 기본인 투표권을 남자들만 독점하고 있으니 여자의 법적 권리가 확보될 수가 없는 일이다.

평등한 여성 인권의 확보를 위한 최초의 참정권 획득이 이루어진 것은 민주주의의 선도국이라고 하는 미국도 아니었고, 시민 혁명의 나라 프랑스도 아니었다. 그 나라는 뜻밖에도 영국의 식민지 뉴질랜드였다. 1893년 9월 19일에 일어난 세계 여성사의 혁명이었다. 그 거사를 성취해 낸 여성은 기독교여성금주동맹이라는 여성단체를 이끈 케이트 셰퍼드(Kate Sheppard)였다. 그녀는 회원들과 5년에 걸쳐 끈질긴 투쟁을 벌여 여성 승리를 성취해 냈다. 현재 뉴질랜드의 10달러짜리 지폐에 그녀는 생생히 살아 있다.

그리고 미국은 뉴질랜드보다 27년 늦은 1920년에야 여성 참정권이 인정되었고, 영국은 1928년, 프랑스는 1946년이었다. 그리고 우리나라는 1948년 제헌헌법에서 남녀평등의 참정권이 보장되었다. 그런데 놀랍게도 스위스는 유럽에서 가장 늦게 1971년에야 여성들이 투표할 수 있게 되었다.

여성들이 남성들과 똑같이 투표권을 행사할 수 있게 된 것, 그것은 어떤 의미일까. 그 구체적인 행위를 계기로 모든 여성들은 마침내 자기들도 남성들과 똑같은 자격을 가진 나라의 주인이라는 사실을 깨닫게 되었고, 여자에게도 남자와 다를 것이 없는 인권이 있음을 인식하게 되었고, 여자와 남자는 인간으로서 똑같이 취급되어야 한다는 평등 의식을 갖추게 되었다. 그리고 여성들의 인권을 보호하고 권리를 확대해 나가기 위해서는 다같이 뭉치고 협력해서 여성운동을 적극적으로 펼쳐야 한다는 의식 무장도 하게 되었다.

그 결과 전개된 것이 1960년대 후반부터 일어난 여성해방 운동이고, 1990년대에 한층 뜨거워진 페미니즘 운동이다. 그 운동은 세계적으로 일어난 물결이었고, 그 효과는 세계 여러 나라에서 여성 지도자들이 연달아 탄생하는 것으로 잘 입증되었다. 그저 세습된 여왕이 아니라 국민들이 투표로 뽑은 총리들이었으니 그보다 더 확실한 여성 승리가 어디 있을 것인가.

여성 능력과 남성 위기

남녀평등의 법적 보장은 여성들의 급격한 사회 진출을 촉진시켰다. 그리고 새로 탄생되어 세계적으로 통용되기 시작한 말이 '여성 파워'다.

그 여성 파워가 가장 거센 나라 중의 하나가 우리 대한민국이 아닐까. 우리는 지난 20여 년 동안에 여성 파워에 의해 우리 사회가 얼마나 엄청나게 바뀌었는지 너무 잘 알고 있다. 여성들이 일으킨 변화가 상상을 초월하도록 어마어마해 정신을 차릴 수 없을 지경이다. 그 놀랄 만한 현장은 손쉽게 확인할 수 있도록 우리 앞에 펼쳐져 있다.

교육 현장을 보라. 초등학교의 90퍼센트 이상, 중학교의 80퍼센트 이상, 고등학교의 절반이 여성들에게 점령되어 있다. 대학에 여교수 님들이 수두룩한 것은 물론이다. 그리고 법조계를 보라. 2~3년 전에 벌써 검사의 절반 이상을 여성이 차지했고, 판사 자리도 그렇게 될 날이 머지않았다는 것이다. 어디 그뿐인가. 10여 년 전에 여성들이 3군 사관학교에 진학해서 세상을 놀라게 했다. 그런데 그들은 거기서 끝나지 않고 졸업하면서 1등을 싹쓸이하고 말았다. 여자 사관생도의 구령에 따라 그 많은 남자 사관생도들이 거수경례를 올려붙이는 모습이라니……. 아아, 텔레비전을 통해 그 광경을 바라본 전체 여성들의 심정은 어떠했을 것인가.

주민센터를 가도 여성 직원이 거의 다이고, 방송국에 가도 녹음기 조작하는 엔지니어까지 여성들이 다 차지하다시피 하고 있고, 출판사에 가도 남자 직원을 찾기 어렵고, 심지어 철통같은 금녀의 영역으로 알려져 왔던 상선에까지 선장님으로 등장하는 것이 한국의 여성 파워다.

저 수천 년 동안 남자들이 고수해 왔던 남존여비, 남성우월주의는 얼마나 조작된 거짓이었던가. 어쩌면 여성들의 지적 능력이 남성들과 대등하다는 것을 간파했기에 남자들은 그 타고난 완력을 동원해 여자들을 위협하고 억눌렀던 것은 아닐까.

어쨌거나 남자를 능가할 수 있는 능력을 충분히 갖춘 여성들이 남성 중심의 사회 제도의 억압으로 집안에만 갇혀 평생을 보내며 얼마나 답답하고 불행했을까. 그래서 허난설헌같이 시문(詩文)에 뛰어났던 여성은 서른을 넘기지 못하고 세상을 떠나야 하는 비운의 주인공이 될 수밖에 없었을 것이다. 허균은 누이의 그 애석한 죽음을 애도하느라고 그 시들을 중국에까지 소개했고, 중국 사람들도 감탄해 마지않았으니, 남성 횡포의 시대에 저질러진 그런 비극이 어디 그 한 가지뿐이었으랴.

직종이나 근무처를 가리지 않는 여성들의 과감하고 적극적인 사회 진출이 눈부시다 못해 숨이 가쁠 지경이다. 그러나 그건 남녀평등과 여권 신장 시대에 걸맞게 일어나는 지극히 당연하고 자연스러운 사회 현상일 수밖에 없다. 더구나 우리나라의 여성의 사회 진출 비율은 선진국들의 절반 정도밖에 안 되니 앞으로 더욱 가속도가 붙게 될 것이다. 그러나 아무리 좋은 세상 일에도 상대적인 그늘이 생기지 않을 수 없다. '아유, 지겨워.' '아아, 지긋지긋해', '빌어먹을, 꼴도 보기 싫어', '염병할, 싹 쓸어 없애 버렸으면 좋겠어.'

젊은 남자들이 혼자서 또는 서넛이서 신경질적으로 내뱉는 이런 말들을 예사로 듣게 된다. 다분히 분노와 증오가 섞인 그 말들은 누구를 향한 것인가. 그 말들에 '여자들 설쳐 대는 것' 또는 '여자들 극성부리는 것' 같은 말들을 적당히 끼워 넣어 보라.

공평하게 경쟁하는 직업 전선에서 실패를 거듭한 젊은 남자들의 적대감이 여자들을 향하는 것 또한 자연스러운 현상일 수밖에 없다. 국가나 사회가 여성들이 차지한 일자리를 따로 만들어 준 것이 아니니까. 남자들의 그런 피해 의식과 적대감은 '여성 혐오'라는 지극히 위험한 감정으로 변질되고 응결될 수 있다. 그것은 새로 대두하는 사회 문제가 아닐 수 없다.

지금 우리는 1인당 GDP 3만 달러에 다다르고 있는 중진국이다. 그래서 사회적 직종이 2만 5,000여 개나 집계된다. 그런데 GDP 5만 달러가 넘는 선진국들은 사회의 직종이 5만여 개에 이른다. 그것이 우리의 해결책이다. 국가와 사회는 젊은 남자들이 처한 우울한 현실을 심각하게 인식하고 GDP 향상에 따른 다양한 직종 개발을 적극 추진해야 한다. 여성 혐오는 여자들을 향한 '묻지마 범죄'로 언제든지 폭발할 위험성을 내포하고 있는 것이다.

남자에 의해 여자들이 핍박당하는 사회도 불행하고, 여자들 때문에 남자들이 피해 의식을 갖게 되는 사회도 불행하다. 남자와 여자가 평등한 상태를 유지하면서 서로의 인권을 존중하고 서로의 능력을 우대할 때 진정한 행복 사회가 형성, 유지될 것이다. 그 길이 우리가 합심해서 가야 할 미래다.

성(性)을 넘어 평등한 인간으로

'남성' / '여성'

요즘 여성들이 선호하는 결혼 배우자상은 과거와 조금 다르다. 과거에는 단순히 돈 많이 벌고, 멋있는 남자가 인기였다면 이제는 '가정적인 남자'가 바람직한 남편으로 꼽히고 있다. 나는 여성들의 이러한 대답에 질문을 던지고 싶다. '남편이라면, 아니 같은 집에 사는 사람이라면 모름지기 가정일을 도와야 하는 것이 아닌가?'

대한민국 사회는 2개로 나누어져 있다. 아니 정확히 말하자면 보이지 않는 우리의 인식 속에서 대한민국은 양분화 되어있다. '남성', '여성'이 바로 그것이다.

남성과 여성의 차이는 선천적으로 결정된다. 그에 따라서 둘의 시작하는 시점의 차이가 다르게 되고, 자라면서 나아가는 방향도 달라진다. 남성은 자신들을 사회의 중심이라고 생각하며 주체적이고 능동적으로 행동하는 것이 당연시 여겨진다. 그리고 권력과 출세의 욕심을 이루려고 노력하는 것 역시 당연시된다. 반면 여성은, 과거 가부장적 풍습이 중심이었던 시대보다는 조금 완화 되었지만 여전히 사회적 약자로 분류되고 남성보다는 조금 더 억압받고, 사회적 지위에 제한이 가해진다. '여자는 집안일만 잘 하면되지…', '여자가 어디 권력에 욕심을 부려…' 와 같이 우리 사회 속에서 흔히 들을 수 있는 말들이 이런 의식을 대변 해준다.

또한 우리나라 속담만 찾아봐도 여성 차별적 의식들이 담겨져 있는 내용들을 쉽게 볼 수 있다. 속담은 한 사회의 역사적 전통 의식을 언어로 응축시켜 표현해냈기에 과거의 관념을 파악하기 좋다. '여자는 남자 손에 붙은 밥풀이다.' 이 속담은 여성은 남성에게 철저히 종속된 존재라는 것을 말해준다. 여성의 존재 가치는 남성 중심으로 만들진 규범 속에서 순종하는데 있다는 것이다. 분명 이는 여성이 인격적으로 제대로된 대우를 받지 못했으며 지극히 피동적인 존재를 볼 것이라 사회 전반의 의식이었다고 추론할 수 있다.

그렇다면 이런 성차별은 왜 일어나게 된 것일까?

첫번째는 남성우월주의, 가부장제 등의 남성이 여성보다 위에 있다는 전통적 의식이다. 남성과 여성을 성별로 나누고 그중에서 남성이 더 우월하다는 사상은 성차별의 근간이 된다. '성'이라는 선천적 요인을 가지고 서로의 인간성을 인정해주지 못하고 자신의 성이 더 뛰어나다며 여성들을 무시했던 것이다.

두번째는 환경적 요인에 의한 성차별이다. 우리나라는 역사적으로 남자는 나라를 다스리고 권력에 힘을 갖는 역할 반면 여성은 소외되어 제한을 받아왔었다. 아무리 뛰어나고 훌륭한 재능이 있었어도 여성이라는 이유만으로 벼슬에 오르지 못하고, 지위가 상승하지 못하는 것을 너무나도 당연하게 여겨왔다. 그리고는 집안일 흔한 일들을 하면서 자신의 능력을 숨겨야만 했다. 그래서 현대에 들어서도 많은 통치 제도나 규범들은 지배층이였던 남성에 의해 만들어졌으며 여성들은 어쩔수 없이 이에 종속되었다. 그리하여 이러한 환경 조건 속에서 억압 받고 차별 받아온 것이다.

세번째는 여성들의 의식문제이다. 우리나라 여성들에게 자신보다 경제적 능력이 없는 남성과 결혼을 할 수 있겠냐는 질문을 한다면 대부분은 '아니오'라고 대답할 것이다. 물론 남성의 경제적 여건을 크게 고려하지 않는 소수의 여성들이 있긴 하겠지만 다수는 현실이라는 벽 앞에서 능력이 뛰어난 남자를 택할 것이다. 여성들의 이러한 의식은 어쩌면 가정을 유지하기 위해 당연하게 여겨질 수도 있으나 만일 여성의 경제적 지위가 뛰어났다면 이런 일이 발생했을까는 생각해보아야 할 문제이다. 여성은 그래서 결혼을 할때 불평등을 전제하고 시작한다. 이는 여성은 집안일을 담당하고 남성이 경제적일을 담당한다는 전제가 깔려있는 또 의식이다. 그리고 가족이라는 특성상 자녀들도 이러한 의식을 부모들에게 배우면서 자라고 축적되어 계속해서 후대에까지 전해지는 것이다. 전업주부라는 말은 있어도 전업남편이라는 말은 없다. 최근에는 일부 여성들이 사회적 능력이 있어서 가정을 책임할 수 있는 여건이 되어도 전업남편을 바라지 않는 것이 현실이다. 이렇듯 여성들의 의식에서부터 시작한 가정 불평등은 사회로까지 이어지며 이대로는 사회적 양성평등을 기대하기는 어렵다.

여성의 권리를 지키자… 페미니즘 사상

그런데 여성이 극단적으로 수직적 권력관계에 놓였었던 과거와는 달리 현대에 들어 여성의 지위가 조금 씩 상승하고 있다. 그리고 여성들이 남성으로부터 해방되고 전보다는 더 많은 권리를 누리게 된 것도 부정 할 수 없는 사실이다. 그러나 변화의 움직임이 나타나는 것은 분명하지만 아직까지 성별의 색안경으로 갖게 되는 한계는 분명히 존재한다. 그래서 이러한 '여성'의 입장을 대변하고 양성평등의 이념을 추구하고자 하는 '페미니즘'사상이 최근에 큰 주목을 받고 있다. 요즘 TV 프로그램이나 SNS 만 봐도 쉽게 '페미니즘'이라는 단어를 접할 수 있다. 그리고 연예인과 같은 공인들도 자신이 페미니스트라고 당당히 밝히고 평등한 권리를 향하여 나아가고 있다.

페미니즘의 사전적 정의를 보자면 '성 차별적이고 남성 중심적인 시각 때문에 여성이 억압받는 현실에 저항하는 여성 해방 이데올로기'이다. 여성 억압의 현실을 객관적으로

바라보아 올바르게 파악하고 그 해결책을 모색하는 것이 그들의 주된 활동이다. 이를 통해
남성중심사상을 타파해 나가고 사회 전체의 의식을 개선해나가고자 한다. 한마디로 인간은 모두
지역, 인종, 성별 등에 관계없이 평등하게 존중 받는 사회에서 살기를 원하기 때문에 이러한
이유에서 여성들이 뭉친 것이다.

페미니즘은 1800년대 후반부터 등장하기 시작했다. 이를 '제 1 물결'이라고 부르는데 주로
미국과 영국의 참정권 운동을 지칭한다. 당시 여성들은 남성만이 시민으로 인정되어 정치적
권리를 행사 할 수 있었던 현실에 대항하여 인간으로서 기본 권리인 참정권을 보장받고자
투쟁하였다. 이어서 1960년대 후반부터 시작된 여성운동을 '제 2 물결'이라고 부른다.
이때의 운동들은 학생운동, 흑인운동 등과 같은 반체제 운동과 맥을 공유하면서 일어났다.
여기서 여성들은 참정권을 넘어서 평등권, 그리고 여성의 해방을 주장했다. '제 3 물결'은
1990년대부터의 페미니즘을 지칭하며 보다 개인적 다양성에 관심을 두었다. 각 개인의
경험에 집중하며 다양한 성적 정체성을 존중했다. 개개인의 경험에 관심을 갖고 성적
정체성의 다채로움에 관심을 가졌다. 최근 페미니즘 활동을 살펴보면 유엔 여성 권익
총괄기구인 'UN Women'이 벌인 글로벌 양성평등 캠페인 'He For She'이나 낙태금지법
반대 운동, 그리고 대한민국을 발칵 뒤집었던 강남역 묻지마 살인 사건에 대한 10번 출구
추모 운동 등이 있다.

그러나 페미니즘의 관심도가 늘어갈수록 이를 비판하는 목소리도 많아지고 있다.
반페미니즘론자들은 페미니즘이 과도하게 여성의 특권을 주장하는 것이 아니냐는 말을 한다.
여성들이 권리 앞에서는 최대한의 권리를 누리기 위해 강력하게 주장하고, 의무 앞에서는
약자로 돌변해서 약하니까 보호받아야 한다는 것이다. 물론 일부 페미니스트들은
페미니즘이라는 명목하에 '성평등'이라는 본래 목적과 맞지 않는 비윤리적 언행, 남성
비하들을 하고 있긴 하다. 그러나 페미니즘이라는 사상이 이런 한 소수의 일탈자들 때문에
비판받기에는 그 본래 목적이 너무나도 아깝다. 페미니즘은 단순히 여성운동을 넘어서 인권
보호 운동이나 다름 없기 때문이다.

페미니즘은 과거부터 축적되어온 우리 인간들의 관념, 그 중 특히 남성들의 관념과
정면충돌한다. 그렇기에 힘든 고충들이 너무나도 많다. 사회 전반의 의식을 개선하는 일이
어찌 쉬울 수 있을까?.. 그래서 분명 페미니즘은 이 시점에서 누구나 한번 쯤은 깊게
생각해보아야 문제인 것이다.

페미니즘을 반대한다.

21 세기 들어 여성의 사회적 지위는 점점 상승했다. 여성은 이제 더 이상 남자에 종속된 존재가 아닌 인간으로서 소수자라는 굴레에서 조금이라도 해방된 자리에 있다. 슈퍼우먼, 골드미스 등의 신조어들은 이러한 여성의 위치를 대변해준다. 그리고 이렇게 여성이 권리를 획득하는데 있어서 페미니즘의 공이 컸다. 성평등이라는 목적을 가진 여성들이 하나의 일념을 가지고 모여 여성운동을 벌인 결과이다.

그런데 '성'이라는 것이 남성과 여성으로 이분화 되다보니 당연하게도 페미니즘을 아니꼽게 보는 이들이 등장하기 시작했다. 앞서도 언급했듯이 반페미니즘론자들은 페미니즘 반대는 물론이고 이제는 아예 여성이라는 존재 자체를 혐오하기 시작했다.

여성들이 과거와는 다른 감수성과 가치관을 갖게 된 것이 혐오의 대표적인 이유이다. 현대 여성들은 연애나 결혼에 대한 태도가 과거와는 매우 달라졌다. 과거의 여성들이 결혼생활에 있어서 지녔던 남성 의존적 경제관계, 차별적 성역할에 근거한 수직적 남녀 권력관계 그리고 이러한 불리한 조건에 구속받는 고착화된 삶을 지녔다면 현대 여성들은 보다 큰 욕망을 표출하게 되었다. 연애에 있어서도 여성의 결정이 보다 더 중요하게 되었고, 고학력, 디지털 발전, 욕망에 대한 솔직함 등의 여러가지 요소들이 이제는 더이상 남자가 여자를 종속시키지 못하는 결과로 이어졌다. 이는 사실상 당연한 인간으로서의 권리이지만 일부 남성들은 이를 받아들이지 못하는 것이다. 그래서 여성이라는 이유만으로 '혐오'라는 비난의 화살을 당기기 시작했다.

그리고 점차 여성들의 커리어 측면에서 더 성장하자 남자들은 전과는 다르게 여성과도 경쟁 의식을 느껴야 하게 되었다. 이렇게 기존의 규범에서 벗어난 새로운 여성상이 등장함은 남성들의 위기의식 심화로 이어졌다. 그리고 이러한 위기의식은 자연스럽게 '여성 혐오'라는 감정으로 이어지게 되어 점차 여성혐오자들이 늘어나게 된 것이다.

결국 일부 남성들도 페미니즘처럼 연대하기 시작했다. 남성들은 반여성, 반페미니즘의 의식으로 모여서 남성사회의 결속을 다졌다. 경제적 공포, 불안 심리, 계층상승의 좌절 등의 원인들이 응축되어 여성이라는 대상에게 부정적 감정이 드러나게 되었다. 이 감정은 혐오를 비롯해 우울, 체념, 분노 등으로 나타났으며 우울한 얼굴로 우리사회에 등장하게 되었다.

'여성 혐오'가 불러온 것

혐오라는 것은 매우 위험한 감정이다. 무엇인가를 극심하게 싫어한다는 생각은 단순히 그러한 마음속에서 그치지 않고 언제든지 부정적인 행동으로 이어질 수 있기 때문이다.

그리고 정작 행하는 사람은 그 행동이 자신의 신념과 부합하는 것이기에 사태의 심각성을 알지 못하는 문제가 발생할 수 있다.

그러던 2016년 5월 17일, 여성 혐오라는 고도의 응축된 혐오 감정이 일으킨 살인사건이 일어난다. 이는 일명 '강남역 살인사건'이라고 불리며 큰 이슈가 되었고, 대한민국에 여성 혐오라는 주제를 강력하게 던져주기도 하였다. 당시 범인은 서울 강남역 인근 화장실에서 한 여성을 칼로 찔러 무참히 살해했다. 범인과 여성은 전혀 모르는 사이였고, 그가 범행 후에 그는 "평소 여자들에게 무시를 많이 당해 왔는데 더 이상 참을 수 없어 범행을 저질렀다"는 말을 남겼다고 한다. 또 그는 심지어 칼을 들고 화장실 앞에 서 있으면서 지나가는 남성 6명 정도는 그냥 무시했고, 오직 여성이 오기만을 기다려 살해한 것이다.

전 국민은 이에 분노했다. 단지 여성이라는 이유만으로 잠재적 살인의 피해자가 될 수 있다니 … 이에 여성단체들은 적극적으로 들고 일어섰다. 우리 사회의 심각한 성 불평등 문제를 지적하며 사회 전반의 의식 개선을 촉구하는 활동들을 벌이기 시작했다. 특히 한국여성단체연합은 성명을 내걸고 '강남역 묻지마 살인은 우리사회의 여성을 비롯한 소수자에 대한 혐오와 폭력이 증가하는 상황에서 발생한 사건'이라며 '한국사회 모든 구성원의 책임의식과 성찰이 필요하다.'고 밝혔다. 그리고 이어 경찰청에 따르면 '강남역 여성 살해 사건은 단지 일탈한 개인이 저지른 우발적 사건이 아니고, 강력범죄 피해자 중 여성 비율이 90.2%(2013년)로 여성에 대한 폭력이 일상화하고 있어 안전이 심각하게 위협받고 있다.'고 지적했다. 한마디로 꼭 여성 혐오 범죄만이 아니더라도 여성이라는 이유만으로 범죄에 더 많이 노출되어있다는 뜻이다.

물론 사실 이 '강남역 살인사건'을 두고서 여성혐오 범죄가 아니라고 주장하는 사람들도 있다. 그들은 범인의 범죄가 계획되지 않았던 점, 표면적 동기가 없었던 점, 피해자와의 관계에서 직접적 범죄 촉발 요인이 없었던 점 등을 들면서 이 사건을 단순한 정신질환으로 인한 묻지마 범죄라고 주장한다. 그런데 그들의 이러한 주장은 우리 사회가 얼마나 여성의 인권의 문제를 사소하게 취급하는지 알 수 있는 대목이다. '정신질환에 의한 묻지마 범죄이기 때문이지 꼭 여성이어서 피해자가 되었던 것이 아니다'라는 말로만 이 사건을 묻으려 한다면 후에 더 큰 사건이 일어났을 때 밀려올 안일한 대처에 대한 후회는 누가 책임 질 것인가? 이 사건을 '젠더' 불평등 문제로 인식하고 공감해 나가는 것이 또 다른 여성 살해를 막기 위한 출발선일 것이다.

'강남역 살인사건'은 여성에 대한 편견과 차별이 폭력으로 나아가 극단적 범죄로 이어 질 수 있음을 보여준 비극적인 사건이다. 이를 통해서 우리는 우리 시대의 여성의 처지를 읽을 수 있다. 단지 여자이기 때문에 사회적으로 차별 받아야만 했던 것을…

양성평등을 향한 길

'남성'과 '여성'은 성별이기 전에 모두 '인간'이다. 그들은 모두 똑같이 존중받아야 마땅한 '인간'이다. 인간은 그가 속한 성별로 개인이 가진 개성까지 분류될수는 없다. 남성과 여성 모두가 같은 인간으로 받아들여지는 사회로 나아는 것이 정의로움이며 우리가 추구해야할 방향성이다. 물론 우리의 의식 속에는 아직까지 쌓여온 차별적 사상들이 너무나도 많다. 그래서 단기간에 쉽게 바뀌어지지는 않을것이다. 그러나 그렇다고해서 작은 발걸음조차 내딛지 않는다면 정의로움으로 향한 움직임은 앞으로도 전혀 일어나지 않을 것이다.

뿌리깊은 성차별적 의식과 서로를 혐오하는 의식이 바뀌기 위해서는 국민의 전체적 의식 개선이 필요하다고 생각된다. 아무리 양성평등을 위한 사회적 제도들이 마련된다고해도 정작 의식이 바뀌지 않는다면 그런것들은 모두 실효성 없는 허수아비가 될 것이기 때문이다. 그리고 그런 의식개선은 가정에서부터 실현되야 한다고 생각한다.

가정은 인간의 가장 기초적인 사회화 기관임과 동시에 가장 성차별적 전통이 많이 녹아있는 곳이기도 하다. 그래서 인간은 사회화의 시작을 성차별과 함께한다. 그래서 가정의 의식을 개선한다는 것은 성차별의 가장 본질을 고쳐나간다는 것이다.

가장 우선적으로 가정에서 행해져야 할 것은 집안일과 집밖일을 성역할에 고정하지 않고 적절하게 조절하는 것이다. 앞서도 말했듯이 여성은 가정일, 남성을 사회-경제적일로 이분화 시킨다는 것은 남성 아래 여성을 종속시켜 결국 사회적 불평등이 초래되는 것이다. 이를 위해서는 여성의 경제 활동 참여가 필요하다. 여성들이 해온 일에 대한 정의와 평가의 편파적인 측면에도 불구하고, 자본주의가 진전됨에 따라 여성의 공식적 경제활동 참여율이 증가하는 것은 대부분의 사회에서 공통적인 현상이다. 특히 기혼 여성의 경제활동참여율이 지속적으로 증가하고 있는 것은 이런 변화의 시작이다. 여성이 경제활동을 하게 되면 경제적으로 남편으로부터 해방될 수 있어서 수직적 관계가 조금이나마 해소 될 수가 있다. 또한 여성도 경제 활동을 통해 자신의 능력을 사회에 표출 할 수 있게 되어 보다 자율적이고 능동적인 사고가 가능해질 것이다. 그리고 이렇게 여성의 사회 참여가 계속되다 보면 많은 여성들이 권력층에 위치 할 수 있게 되어 사회구조에도 여성과 남성이 평등한 상태가 이루어질 것이다.

그리고 필요한 것은 어릴때부터 올바른 양성평등 교육을 받는 것이다. 어떤 환경에서 어떤 정보를 배우며 자랐냐는 것은 후에 개인의 사고에 중요한 영향을 준다. 따라서 어릴때부터 성평등 교육을 제대로 받는 다면 그런한 세대들이 기성세대가 되면서 양성평등이 실현될 것이다. 그리고 그 양성평등 교육은 페미니즘적 사상에 기반해야 한다. 페미니즘, 즉 양성평등 사상은 절대적 타자인 남녀가 상호 공존할 수 있는 방안을 효과적으로 제시한다. 서로를 적대적 관계가 아닌 '우리'로 인식하는 관념이 그 시작이다.

남성과 여성의 관계 변화는 단지 한 쪽에서 열렬히 원한다고 쉽게 이루어지는 것이 아니다. 시민의 의식 자체가 변해야하며 그에 따라 제도들도 변해야한다. 물론 여기에는 남성들의 보다 적극적인 지지가 필요하다.

이제는 더 이상 '가부장적인 문화를 개선하자'는 구호는 남녀평등을 외치는 우리의 심경을 모두 표현하기에는 역부족이다. 남성과 여성의 서로에 대한 진정한 이해와 배려가 바탕이 되어야 한다. 여성, 남성이라는 울타리와 틀을 만들고 거기에 맞춰 활동을 스스로 제한하려는 그 마음 자체를 버려야 하며, 여성이든 남성이든 각자의 개성을 지닌 특별한 인격체로 스스로를 인정하는 과정이 반드시 필요하다. 그래야 혐오와 같은 문제로 일어난 비극적인 일도 막을 수 있을것이다. 우리는 모든 인간은 평등하고 남자와 여자는 모두 다 같은 소중한 인격체라는 것을 절대 잊어서는 안 된다.

'페미니즘'이니 남녀평등이니 하는 말조차 필요 없어지는 어떤 미래의 시간에는 여성으로 태어났기에, 또는 남성으로 태어났기에 힘들고, 고통스러운 삶을 살아가는 이 없이 모두 자신의 개성을 발휘하며 행복하게 살아가는 우리들의 모습을 발견할 수 있을 것이다.

5장

세계를 지배하는 새로운 역병을
어떻게 극복할 것인가

비만 문제를 통해 바라본 개인과 사회의 관계

조재면

'비만'이라는 질병

지구촌은 이미 비만과의 전쟁을 선포했다. 1990년대 이후 점차 늘어 가던 비만 인구수는, 2000년대에 들어 급격히 증가해 이제는 곧 세계 인구의 3분의 1이 비만 환자가 되고 있다. 빠른 경제 성장, 이에 따른 식습관의 변화로 인해 식물성 식품보다는 동물성 단백질이나 지방의 섭취가 증가함에 따라 비만과 과체중이 늘어나 이런 현상이 벌어지게 된 것이다.

세계보건기구(WHO)에서는 비만을 '세계에서 가장 빨리 확산되는 병'이라고 규정한 바 있다. 이처럼 비만은 그 어느 병보다도 빠르게 확산되어 왔다. 단 20년 만에 20억 명의 인구가 비만이 될 정도로 지금까지의 어떤 병보다 강력한 행보를 보였으며, 이 기세로 간다면 2030년에는 인류의 절반이 과체중 상태로 전락하고 말 것이다. 비만은 더 이상 하나의 현상이 아니라 질병, 그 중에서도 전염병인 셈이다.

　이러한 현실을 인식하게 되면 '도대체 왜 이렇게 비만이 늘어나게 된 것일까?' 하는 궁금증이 생길 것이다. 그래서 막상 비만의 원인을 찾아보면 개인마다 그리고 사회마다 차이가 있어 일목요연하게 확정지어 정리하기가 어렵다. 현대 사회 발전에 따른 기계화로 인한 노동력 감소, 과도한 업무로 인한 스트레스와 운동 부족, 그리고 앞서 언급했던 서구화된 식습관 등의 사회적 원인과 함께 과식, 활동량 감소 등의 개인적인 요인이 복합적으로 일어나면서 비만을 더욱 촉진시키고 있다. 이 외에도 유전적, 환경적 요인들도 모두 비만으로 작용할 수 있다.

　이렇게 원인들이 방대하고 다양함에도 우리가 비만의 원인을 찾으려는 데 열중하고, 비만 문제를 해결하려는 데 집중하는 이유는 비만이라는 병이 그만큼 인간에게 위험하기 때문이다. 비만은 모든 성인병의 원인이 되며 비만인은 정상인보다 당뇨병, 고지혈증, 동맥 질환 등에 잘 걸리고, 각종 암과 관절 질환의 발병률이 현저히 높다. 그리고 결정적으로 비만이 위험한 이유는 아직 해결을 위한 뚜렷한 방법이 없다는 데 있다. 약을 이용할 수는 있지만 그 한계가 있고, 식이요법을 이용해도 개인 차가 있으며, 설령 다이어트에 성공한다 해도 일시적인 경우가 다반사이기 때문이다. 그래서 비만은 만성 질병이라고도 불리며, 건강은 점차 악화되는 방향으로 진행된다. 뿐만 아니라 비만은 육체적 문제를 넘어서 정신적 부분에도 악영향을 미친다. 대인 관계나 취업의 어려움, 결혼 및 성생활의 제한 등으로 인해 불안이나 우울증 등의 증세를 보이는 경우도 있다. 즉 밖에 나가서는 자신의 용모 때문에 남들 앞에 자신 있게 나서지 못하고, 대인 기피증이나 자신감 결여, 심지어는 공포감 증세까지 보이고 상대적으로 집에 들어와서는 식구들에게 밖에서 쌓였던 스트레스를 풀게 됨으로써 집안 분위기를 가라앉게 만드는 수가 있다.

이처럼 이제는 단순히 비만을 '살찐 사람'의 문제로만 볼 것이 아니라 그 심각성을 인지하고 이 또한 하나의 병으로 취급하여 사회적 차원에서 해결을 위해 힘써야 할 것이다.

비만을 어떻게 바라봐야 하나

사실 어찌 보면 지금까지의 내용은 비만 문제에 조금이라도 관심이 있거나 혹은 그렇지 않더라도 주위 사람들에게 한 번쯤은 들어 보았을 법한 이야기들이다. 그런데 필자가 이렇게 흔한 비만 이야기에 주목하게 된 것은 바로 '미국'이라는 나라의 비만에 대한 반응 때문이었다.

미국은 자신들을 '비만의 제국'이라고 지칭하였다. 통계적으로 보면 미국은 세계에서 가장 뚱뚱한 나라이며 자신들도 이를 인식하고 사회 문제로 대두시킨 것이다. 이제는 사회가 발벗고 나서서 직접 개인의 비만 문제를 해결하겠다고 선언한 것이다. 그런데 이 부분에서 좀 의아하다는 생각을 할 수 있다. '비만은 개인의 문제 아닌가? 왜 굳이 사회가 나서서 이를 해결하고자 하는가? 그리고 개인의 문제를 사회가 해결하려는 것이 정당한가?'

이에 대해 미국의 대다수의 전문가들은 이렇게 말한다. "비만은 엄연히 말해서 개인의 영역이 맞다. 그러나 비만의 원인의 중대한 부분이 사회에 있으며, 사회가 원인을 제공했다면 사회가 책임지는 것이 맞다. 그리고 개인적 비만 문제들이 합쳐져서 덩어리를 이루고 그것이 사회를 이룰 때 미국이 받게 되는 경제적,

정치적 손실이 너무 크다."

그렇다면 위의 말대로 왜 미국에 비만 인구가 늘어났는지에 대한 이유를 우선적으로 알아야 할 것이고, 그다음에 비만이 가져다주는 사회적 손실에 대해서 살펴보아야 할 것이다.

미국이 세상에서 가장 뚱뚱한 나라가 된 데에는 매우 다양하고 방대한 원인이 있지만 흔히 상술과 정치적 이유가 이에 가장 큰 역할을 했다고 한다.

1970년대에 들어와서 미국의 정치는 중산층의 식품 가격에 대한 반발로 인해 곤혹을 겪는다. 그래서 그 해결책으로 해외에서 개발된 값싸고 맛이 뛰어난 고과당 옥수수시럽(HFCS)을 대량으로 수입하기 시작한다. 그러자 이 시럽의 맛과 가격을 알아본 미국 대다수의 식료품 기업들과 가게들이 이를 적극적으로 사용하게 되었고, 모든 미국인들은 음식을 섭취할 때마다 이 시럽에 노출되었다. 당시 개발되어 폭발적 인기를 끌었던 탄산음료 역시 고과당 옥수수 시럽을 사용하기도 했다. 그리고 미국은 이 흐름을 타서 물가를 잡고 경제를 살리겠다는 명목으로 포화지방인 고지방 팜유를 대거 수입하게 된다. 이 팜유는 고칼로리 음식을 튀길 때 사용되었으며, 대부분의 패스트푸드와 같이 맛이 자극적인 음식에 쓰이게 되었다. 그런데 미국의 기업들은 이 재료들이 엄청난 칼로리를 불러오고 영양가는 매우 낮은 악랄한 재료라는 것을 간과한 채 사업을 계속 이어 나갔다.

이에 힘입어 미국의 패스트푸드 체인점들은 발빠르게 돈벌이 전략을 세우기 시작했다. 피자, 햄버거 등에서 더 뛰어난 맛과 값싼 가격의 음식들을 판매하였으며, 그들의 이런 식품 개발에 시민들은 열광했다. 특히 서민 계층과 빈민층은 패스트푸드를 마치 주식처럼 먹게 되었는데, 이것이 비만의 시작이었다.

어느덧 사람들은 이 음식들에 중독되어 있었고, 영양은 간과한 채 맛과 가격 그리고 양을 모두 잡은 패스트푸드를 놓칠 수가 없었다. 기업은 점점 돈벌이를 늘려 갔고, 소비자들은 그 돈벌이 수단에 놀아나게 된 것이다. 심지어는 당시 탄산음료 회사들은 일부 공립 학교들과 비밀 계약을 체결하면서, 탄산음료 회사에서 예산을 지원해 주고 학교에서는 '코카콜라'만을 매점에서 팔게 하기도 했었다.

그리고 의류 회사들도 이러한 흐름에 맞춰 가고자 뚱뚱한 사람들이 입는 사이즈의 옷을 보통 사이즈라고 판매하면서 미국인들이 점점 비만이 되고 있다는 사실에 무감각해지고 인지하지 못하도록 하였다. 게다가 맞벌이의 증가로 인해 집에서 밥을 해 먹기보다 밖에 나가서 먹는 것이 편하다는 인식이 팽배해져 비만이 점점 부추김을 받게 되었다. 결국 미국은 경제적으로 크게 발전하게 되었고, 정치적으로 당시 사회 문제를 해결하는 소기의 목적을 달성하게 되었다. 그러나 한편에서는 그들이 간과했던 여러 문제들 때문에 비만은 점점 늘어나게 되었다.

그리고 이러한 사회적 책임과 함께 미국이 비만 문제를 해결하는 데 적극적인 이유는 앞서 언급했듯이 비만이 불러오는 사회적 손실이 너무 크기 때문이다.

세계보건기구는 비만을 전 세계적인 역병으로 보고 있다. 이는 에이즈, 콜레라, 중증급성호흡기증후군 등에 버금간다. 그 이유는 과체중으로 인해 너무 많은 의료 비용이 들기에 국가의 의료 서비스에 큰 짐이 되고 있기 때문이다. 미국이 발표한 자료에 따르면 미국은 연간 비만 때문에 120조 원 이상의 경비를 지출하고 있다. 그리고 나아가 비만과 직접적으로 관련된 질병으로 사망하는 수가 매년 30만 명에 이르며, 비만이 원인이 되어 사망을 유발하는 정도가 흡연만큼이나 유해하다. 이로 인해 미국이 지불하는 경제적 비용만 총 1,170억 달러나 된다. 그리고 미국 랜드(RAND) 연구소에서 나온 연구 결과에 따르면 비만 관련 질병으로 인한 사망자는 에이즈, 암, 교통사고 희생자보다 더 많다고도 한다.

그런데 여기서도 분명 궁금증이 들 것이다. '사회적으로 이러한 일들이 일어난 것은 알겠지만 비만은 개인적인 문제이고, 따라서 비만은 개인이 통제할 수 있던 것이 아닐까?' 물론 살이 찌는 데에는 개인의 식습관, 개인의 신체 차이, 개인의 선택 등 다양한 개인적 이유가 있었을 것이다. 그러나 비만이 동시다발적으로 사회 전반에 걸쳐 일어나고 있다면 그것을 오로지 개인적 책임으로만 돌리는 것은 역시 문제가 있어 보인다. 분명 개인의 문제에 사회도 뿌리 깊게 연관되어 있기 때문이다.

우리 사회는 비만을 너무 개인적 문제로 치부하고 있다. 우리 사회는 비만 문제의 사회적 요인을 간과하고 있다. 개인의 의지가 약해서 살이 찌고, 살을 빼지 못하고, 개인의 노력이 부족해서 살이 찌고, 살을 빼지 못하고……. 이로 인해 개인의 비만에 대한 타박과 비난으로 비만 환자들이 정신적 문제까지 겪게 되고, 사회적 일탈의 길로 점점 빠져들어 그 마지노선에 이르기까지도 우리는 계속 비만 환자만을 탓하고 있다. 그래서 '네가 그만 먹으면 될 거 아니냐? 네가 나가서 운동하면 될 거 아니냐?' 등의 무책임한 책망들만 내뱉을 뿐이다.

사회와 주변 사람들이 개인에게만 집중해서 비만을 치료하려 들면 절대로 우리 사회의 비만 문제는 해결되지 않을 것이다. 이것은 비만 문제의 원인을 제대로 짚지 못한 안타까운 결과이다.

아리스토텔레스는 "인간은 사회적 동물이다"라고 말했다. 개인이 혼자 인생을 살아간다면 그것은 지구촌 안의 사회가 아닐 것이다. 개인이 있기에 사회가 있는 것이고, 사회가 있기에 개인이 있는 것이다. 결국 이는 사회와 개인의 끊임없는 상호작용을 의미한다. 비만 문제는 단순히 한 개인이 살이 찌는 현상을 넘어서 개인과 사회에 대한 의미 있는 질문을 던져 준다. '사회 속의 개인은 어떤 존재인가……. 그리고 그 개인들로 이루어진 사회는 어떤 존재인가…….'

비만 그리고 바람직한 개인과 사회의 관계

프랑스의 저명한 사회학자인 에밀 뒤르켕(Émile Durkheim)은 개인과 사회의 관계에 대해 역사적으로 유의미한 분석을 내놓았다. 그는 그의 대표 저서인 『자살론』에서 자살을 중심으로 이를 설명한다. 그의 주장을 한마디로 하면 간단하다. '자살은 사회적 요인에 의해 나타난다.' 이 주장은 당시 대다수의 사람들이 자살에 대해서 개인적 문제로 치부했던 것과 완전히 상반된 내용으로, 사회학에 새로운 관점을 시사해 주었다.

그는 『자살론』에서 비사회적 요인은 자살의 원인이 될 수 없다고 말하고 이를 증명한다.

정신질환과 자살과의 사이에는 규칙적이고 명백한 관계가 있다고 볼 수 없다. 또한 한 사회의 자살률은 그 사회에 알코올 중독자가 더 많고 적음에 의해서 결정되는 것도 아니다. 설혹 여러 가지 형태의 정신적 결함이 개인으로 하여금 자살을 하게 하는, 자살의 원인이 작용하기에 아주 적당한 심리적 상태를 제공한다고 할지라도, 정신적 결함 자체는 자살의 원인이 아니다. 자살의 잠재성은 우리가 발견해 내지 않으면 안 되는 다른 요인들, 즉 사회적 요인의 작용을 통해서만 비로소 효력을 보게 되는 것이다.

그리고 이어서 서술하기를,

의심할 여지없이 자살은 개인적 특질이 허용하지 않는 한 일어나지 않는다. 그것은 상황에 따라 여러 가지 형태를 취하면서 자살을 일으킬 수도 있지만, 그렇다고 반드시 자살을 일으키는 것도 아니다. 따라서 개인적 조건은 자살을 설명하는 요인이 되지 못한다.

라고 하였다. 그는 단도직입적으로 개인적 요건만이 자살을 결정하지 않는다고 주장하고 있다. 사회적 요건과 개인적 요건 모두가 성립할 때 자살이라는 현상이 일어난다는 것이다. 그리고 나아가 이러한 3가지 명제를 제시한다.

자살은 종교사회(宗敎社會)의 통합의 정도에 반비례한다.

자살은 가족사회(家族社會)의 통합의 정도에 반비례한다.

자살은 정치사회(政治社會)의 통합의 정도에 반비례한다.

이를 통해 자살은 개인들로 구성되는 사회의 통합의 정도에 반비례한다는 일반적 결론을 도출하며, 개인의 자아보다는 사회적 자아가 더 강력하며 개인의 문제까지 영향을 준다고 정리한다. 이 책은 전체에 걸쳐서 무턱대고 '자살은 사회적 요인에 의한 것이다'라고 주장하지 않고 통계 분석을 효과적으로 사용하며 이를 정리해 나간다.

그런데 그가 말하는 '자살'이라는 키워드가 어찌 보면 현대의 '비만'이라는 키워드와 굉장히 유사점이 많다는 것을 느낄 수 있지 않은가? 뒤르켐은 자살을 이야기하면서 결국 개인과 사회의 관계에 대한 문제에 도달한다.

그는 '집단적 의식의 내면화'라는 말을 한다. 이는 사회가 가지고 있는 정신적인 요소를 개인의 내면에 심어 줌으로써 그 사회가 추구하는 이상을 실현시키고 사회 정의를 실현할 수 있는 인간성을 완성, 즉 도덕성을 함양시킬 수 있으며, 이로 말미암아 궁극적으로는 이상적인 사회를 건설할 수 있다는 것이다. 결국 이는 사회가 단순히 개인들의 합으로 이루어진 것이 아니며, 오랜 시간 동안 인류 전체가 공동으로 이룩해 놓은 것임을 알려준다. 따라서 이러한 사회적인 관념과 성질은 현실에서 우리에게 영향력을 행사하고 있으며, 개인은 이러한 사회의 영향력을 일방적이고 수동적으로 받아들일 수밖에 없는 입장이라는 이야기이다.

언뜻 보았을 때는 개인이 철저히 사회에 구속되어 살아가며 개인의 자유는 매우 제한적이라고 보여진다. 그러나 뒤르켕은 개인이 사회에 종속되어 있지는 않다고 했다. 즉 개인은 사회의 집단적 의식을 내면화한 후에 자신의 것으로 승화시켜 보다 자유로운 존재로 거듭난다는 것이다.

뒤르켕이 제시한 이 개인과 사회의 틀은 '비만 문제', '자살 문제' 등의 사회 문제가 해결되고 이상적인 사회로 나아가는 기초적인 모습이라고 생각된다. 사회적으로 옳다고 생각되고, 동의되는 내용들이 개인에게 전해지면서 이것이 내면화되어 행동으로 드러나는 선순환의 구조이다. 그러면서 자연스럽게 인간은 부정적 욕망을 이겨 낼 수 있고 그러한 인간들이 모여 발전된 사회의식을 만들고 그것이 다시 다음 세대의 개인에게 전해지는 바람직한 구조 말이다. 결국 이는 개인과 사회의 '상호의존적 관계'를 의미한다. 사회는 스스로의 유지와 발전을 위해 사회에서 원하는 인간상을 만들어 내기 위하여 개인을 교육시키며, 개인은 이러한 교육의 과정을 통하여 이기적인 존재에서 벗어나 자유로운 존재가 될 수 있으며 사회적 동물이라는 본연의 특성을 개발할 수 있을 것이다.

이러한 개인-사회 모델은 비만이라는 것이 사회 문제로 대두되고 있는 현재 상황을 이해하는 데 매우 이상적이다. 비만을 해결해야겠다는 사회적 의식이 생겨나고 이에 알맞은 방법이 개인에게 내면화되면서 개인들이 점차 이를 고쳐 나가며, 이렇게 발전한 개인들이 모여 탈비만 사회가 완성되는 것이다. 만일 비만을 단순히 개인 문제로 치부하는 데 그친다면 이러한 선순환 구조는 나올 수가 없다. 그러면 비만은 점점 해결할 수 없는 개인 문제의 영역으로 빠졌을 것이고, 비만 환자들이 고생하는 것은 물론이고, 주위 사람들, 나아가 사회 전체가 계속해서 병적인 '비만'이라는 질환으로 골머리를 앓을 것이다.

인류는 언제나 바람직한 개인과 사회의 관계에 대해서 고민해 왔다. 그리고 그 고민은 모두 개인과 사회는 절대 둘로 양분될 수 없다는 전제하에 더욱 심화되었을 것이다. 결국 많은 세월이 흘렀지만 아직까지 그 고민에 대한 정확한 답은 나오지 않았다. 물론 앞으로도 나오지 않을 것이다. 그래도 하나 확실한 것은 있다. 개인과 사회가 상부상조하며 서로 긍정적 영향을 주는 발전적인 미래를 만들어 나가야 한다는 사실이다.

새로운 인류의 유행병, 비만

조정래

왜 비만이 되는 것일까

이 세상을 살다 보면 좀처럼 이해 안 되는 일이 한두 가지가 아니다. 그렇게 음주 운전을 하지 말라고 단속하고 처벌을 하는 데도 징글징글하게 말을 듣지 않는다. 그래서 자기만 죽는 것이 아니라 남도 죽이는 사고를 끊임없이 일으킨다. 다 큰 어른들이 그렇게도 말을 안 들으니 애들이 말 안 듣는 것을 탓하기 민망하다. 왜 술 마시고 '문제 없어, 문제 없어. 안 취했어, 꺼떡 없다니까'를 외쳐 대며 한사코 핸들을 잡는 것인지 도저히 이해할 수가 없다. 그런데 그보다 더 이해 안 되는 것은 경찰이다. 삼복더

위 속에서 땀 뻘뻘 흘리고, 엄동설한 추위 속에서 벌벌 떨면서 춘하추동 사시절을 음주 운전 단속하느라고 길목 길목에서 여념이 없으시다. 강력 범죄는 나날이 늘어나고, 범인 검거율은 바닥인 것을 외면한 채로. 민생을 위협하는 강력 범죄를 외면하고 매일 음주 운전이나 단속하고 있는 경찰의 그 한가함 또한 도무지 이해할 수가 없다. 전국적으로 음주 운전 단속에 동원되고 있는 경찰력은 얼마나 엄청날 것인가. 음주 운전 단속법을 지금보다 100배 강력하게 시행하고, 그 병력을 강력범 검거에 투입해도 검거율이 계속 바닥일 것인가?

저기 어떤 나라에서는 음주 운전에 걸리면 무조건 사형을 시켜 버린다. 또 어떤 나라에서는 일정 기간 감옥에 보내고, 거기다가 운전면허 자격을 영원히 박탈해 버린다. 사형은 너무 심하니 우리도 두 번째 방법을 실시하면 어떨까. 아니, 감옥까지 보내는 것은 정 많은 민족으로서 차마 못할 일이니 면허 자격만 영원히 박탈하는 것이다. 그러면 어찌 될까? 그날로 음주 운전은 십 분의 일, 아니 백 분의 일쯤으로 자취를 감출 것이다. 강력한 처벌은 범죄를 예방한다. 이 상식적인 법의 존재 이유를 왜 경찰이며 국회는 외면하고 있을까. 이것 또한 도대체 이해가 안 되는 세상사다. 굳이 이 사실을 글의 첫머리에 올리는 것은 이 글을 읽고 각성해서 제발 그런 강력법을 좀 만들라는 뜻이다. 음주 운전은 잠재 자살 행위인 동시에 잠재 살인 행위이기 때문이다.

20층이 넘는 고급 아파트에 사는 사람들이 새벽에 신문이나 우유를 배달하는 사람들에게 엘리베이터를 이용하지 못하게 하는 심사를 이해할 수가 없다. 고급 백화점의 식당을 가득 채우고 점심을 먹는 여자들이 귀가 아프도록 떠들어 대는 것을 이해할 수가 없다. 젊은 남자들일수록 값비싼 외제 차에 넋을 잃는 그 심중을 이해할 수가 없다. 식당에서 밥을 기다리는 동안 마주 앉은 딸이 자꾸 말을 걸어도 스마트폰에 풍덩 빠져 아무 대꾸도 해 주지 않는 그 젊은 엄마를 도저히, 도저히 이해할 수가 없다. 책은 물론이고 신문조차 안 읽는 시대의 사람들을 참으로 이해할 수가 없다. 군부 독재 30년을 무너뜨린 국민들을 향해 지금도 '종북 좌파'를 외쳐 대며 정치 장사를 하는 의원님들을 이해할 수가 없고, 그런 사람들을 국회의원으로 뽑아 주는 것은 더욱이나 이해가 안 된다. 재벌들이 사회 환원은 전혀 하지 않고 탈세와 비자금 사건으로 줄줄이 쇠고랑을 차면서도 세상 사람들이 자기들을 존경하지 않는다고 불만을 토로하는 것을 어서 이해해야 할 텐데, 이해 못해 미안하다. 남의 종교를 비방하면서 자기 종교를 믿으면 복 받는다고 강권하는 그 열성을 이해하지 못하는 좁은 소견이니, 벌받을 것이다.

그러나 엃히고설킨 인간사에서 이해가 안 되는 일이 어찌 그런 것들뿐이랴. 그런데 그중에서도 가장 이해가 안 되는 것이 움직임이 둔해져 병이 될 지경으로 무한정 살이 찐 분들이시다. 아니 좀더 정확하게 말하자면, 그다지 살이 찌도록 많이 먹느라고 아까운 돈이 얼마나 들었을 것이며, 그 살을 빼느라고 아까운 돈을 또 탕진들 하고 있으니, 그 답답하고 어이없음을 참으로 이해할 수가 없는 것이다.

비만은 벌써 오래전부터 세계적인 문젯거리로 등장했다. 그 상태가 얼마나 심각하면 세계보건기구가 비만은 질병이라고 규정했겠는가.

모든 질병에 걸리는 데는 원인이 있고, 질병은 치료하지 않으면 생명을 위협한다. 그런데 질병 치료의 첫 번째 방법은 약을 쓰는 것이 아니라 원인의 제거다.

그럼, 비만은 왜 되는가. 그 확실한 이유는 딱 하나, 불필요하게 많이 먹기 때문이다. 그렇다면 비만 치료도 명백해진다. 아까운 돈 탕진하지 말고 적게 먹으면 된다. 그런데 왜 그 쉬운 답이 효과를 보지 못할까. 둔감하게, 의지력 박약으로 계속 많이 먹기 때문이다.

금연 운동과 함께 최근에 멋진 표어가 나왔다.

흡연은 질병
치료는 금연

이 표어를 변주하면 가장 효과적인 비만 치료법이 나온다.

비만은 질병
치료는 절식

인간 5욕과 인간 의지력

"많이 먹지도 않는데 살이 찐다."
"물만 먹어도 살이 찐다."
　살찐 사람들이 흔히 하는 말이다. 두 가지 다 전혀 말이 안 되는 변명일 뿐이다.

　단식 투쟁에 나선 사람들을 보라. 밥을 먹지 않으면 그야말로 하루가 다르게 사람의 모습이 어떻게 변해 가는지 그들은 여실하게 보여 준다. 그들이 입증하는 것은 사람은 밥을 굶으면 살이 쑥쑥 빠지며 마르고, 마르다가는 끝내 죽게 된다는 사실이다. 이 두말할 필요가 없는 너무 당연한 사실을 살이 쪄 고민하고 계시는 분들은 뚫어지게 응시할 필요가 있다. 그리고 냉정하고 단호하게 식사량을 절반으로 줄여 보라. 열흘 가고, 한 달 가고……, 그 효과는 탁월하게 나타난다. 그런데 왜 아까운 돈을 비만 클리닉이라는 데 갖다 바치면서 효과가 있네, 없네 불만들을 터뜨리는가.

　그렇다. 어쩌면 절식은 금연만큼 어려운 것일지도 모른다. 많은 사람들이 아까운 돈을 계속 태워 연기로 날려 보내며 각종 암의 공포까지 느끼면서도 금연에 실패하고 또 실패하고 있다. '중독'이라는 것이 인간의 의지를 얼마나 쉽사리 무력화시켜 버릴 수 있는지를 잘 보여 주는 본보기다. 알코올 중독이나 도박 중독, 마약 중독의 위력도 또한 마찬가지다.

그런데 절식을 방해하는 식욕은 중독과는 또 다른 인간의 근본적인 본능 중의 하나다. 중독의 힘이 더 셀까, 본능이 힘이 더 셀까. 그것이 과학적으로 규명되어 있는지 잘 모르겠다. 어쨌거나 본능 역시 막강한 힘을 갖추었음을 모르는 이 누가 있을까.

우리 인간에게는 오욕(五慾)이 있다. 식욕·색욕·재물욕·명예욕·수면욕이 그것이다. 그 어느 것을 인간의 의지력으로 쉽게 이겨 낼 수 있을까. 단 하나도 이겨 내지 못하고 우리는 백전백패할 수밖에 없지 않을까.

그 패배를 모르는 식욕의 승리가 비만 아닌가. 그러나 본능의 욕구대로 우리의 삶을 내맡겨 버린다면 우리의 인생은 어떻게 될까. 모두 파탄을 면치 못할 것이고, 인간 세상은 빠르게 종말을 맞이하게 될 것이다. 우리 인간의 삶이란 긴긴 세월에 걸쳐서 그 오욕을 의지의 힘으로 적절하게 억제하고 조절하는 것을 가르치고 배우고 실천하는 과정이 아니었을까.

그 대표적인 가르침이 '주색잡기 패가망신'이 아닌가 한다. 이것은 저 옛날부터 지위고하를 막론하고 어른들이 입에 달고 살았던 가르침이었다. '술과 여자와 잡기에 빠지면 집안 망해 먹고 신세도 망친다.' 이 가르침은 오늘날에도 생생히 살아 있는 교훈이고 훈도다. 여기서 잡기란 각종 도박과 삿된 짓을 가리킨다. 그러나 그 가르침을 하도 많이 들어서 한 귀로 흘려 버리며 바르게 따르지 않은 사람들이 정말 집안도 망해 먹고 신세도 망쳐 버리는 일을 우리는 얼마나 많이 목도하고 있는가.

그 가르침과 어깨를 나란히 하는 또 하나의 소중한 가르침이 있다. 그건 다름 아닌 밥상머리 교육이다.

"고루고루, 꼭꼭 씹어서, 천천히 먹어라."

우리 어른들, 특히 아버지들은 이 말을 그야말로 귀가 닳아지도록 곱씹고 또 곱씹었었다. 너무 많이 들어 지겨워했던, 그래서 소홀하게 여기기 쉬웠던 그 가르침이 얼마나 소중한 것인가는 현대 의학이 잘 입증해 주고 있다.

편식하지 말고 고루고루 먹어야 영양의 균형이 이루어지고, 꼭꼭 씹어야 여러 음식이 잘게 쪼개지면서 소화제인 침과 잘 섞여 위에 부담을 적게 줌과 동시에 위염이나 위암을 예방하고, 또한 오래 씹으면서 이를 운동시키니까 잇뿌리가 튼튼해지고, 이 운동은 뇌까지 자극해 뇌 활동을 촉진시킬 뿐만 아니라 특히 노인 세대에게는 치매 예방의 효과가 크고, 음식을 천천히 먹으면 살이 찌지 않는다는 것이 의학적 분석인 것이다.

그리고 어른들이 밥상머리에서 가르친 또 한 가지.

"배부르기 전에 숟가락을 놓아라."

이 가르침을 충실히 따른 자식들이 몇이나 될까. 어른들은 왜 이런 말을 지치지 않고 되풀이했을까.

돼지를 모독하지 말라

우리의 생활 속에 밀착된 금언에 이런 것이 있다.

'과식해 탈 안 나기 어렵고, 소식해 탈 나는 일 없다.'

그리고 이런저런 장수의 비결 따라 꼽히는 것도 많은데, 그중에서 절대 빠지지 않고 끼는 것이 있다. '소식하라'는 것이다. 배부르기 전에 숟가락을 놓으라는 가르침은 바로 그런 사실들과 직결되어 있는 것이었다.

그러나 그 가르침을 충실히 실천하는 사람이 과연 몇이나 될까. 절대다수의 사람들이 그 가르침을 위배했다는 것은 전 세계적으로 전개되고 있는 '비만과의 전쟁'이 잘 증거하고 있는 것이다.

이렇듯 소식은 건강을 위해 꼭 지켜야 하는 철칙인데도 다섯 가지 욕망의 첫 번째로 꼽히는 그놈의 식욕의 발동으로 번번이 숟가락 놓기를 망각해 버리는 것이다. 사실 그 다섯 가지 욕망처럼 억제하기 어려운 것이 또 있을까. 어쩌면 우리들의 인생이란 그 다섯 가지 욕망과의 싸움에서 패전한 기록일지도 모른다. 성인이라 한들 그 다섯 가지를 어김없이 다 지킬 수 있었을까. 혹시 성인과 범인은 그 다섯 가지를 제대로 실천했느냐 못했느냐로 판가름되는 것은 아닐까.

우리는 음식을 허겁지겁 많이 먹어 대는 사람들을 보고 흔히 "돼지처럼 먹는다"고 말한다. 그리고 살찐 사람들을 보고 으레껏

"돼지새끼처럼 뚱뚱하다"고 해 버린다. 사람을 짐승 취급했으니 그건 분명 인격 모독이고 명예 훼손이다. 그러나 본인 듣게 하지 않았으니 죄가 성립되지 않고 표현의 자유에 속한다. 그렇게 모독적으로 짐승 취급을 당하는 것은 살찐 사람들이 일방적으로 겪는 억울함이요, 분함이요, 슬픔이요, 소외감이다. 그 풀 길 없는 외로운 감정은 우울증이 되고, 그 반감은 폭식을 불러 더 살이 찌게 만든다.

그런데 우리가 여기서 한 가지 꼭 유념해야 할 것이 있다. 돼지가 정말 우리 생각처럼 그렇게 배가 터지도록 먹을까? 아니다. 그건 겉모습만 본 우리의 일방적 속단이다. 동물학자들이 많은 동물들을 대상으로 실험을 했다. 동물들이 아무런 제한을 받지 않고 먹이를 제 마음대로 다 먹고 돌아설 때 바로 위 해부를 해 본 것이다. 그런데 한 가지 공통점에 학자들은 깜짝 놀라고 말았다. 모든 동물들의 위에는 먹이가 80퍼센트 정도밖에 차 있지 않았던 것이다. 이 어찌된 일인가. 동물학자들의 두 번째 놀람은 모든 동물들이 '배부르기 전에 숟가락 놓기'를 실천하고 있다는 사실을 깨달은 것이었다.

그 숟가락 놓기의 실천은 동물들의 지혜가 아니라 자연의 섭리일 것이다. 그런데 왜 인간에게는 그 자연의 섭리가 작동되지 않고 배가 터지도록 먹고 껵껵거리면서 소화제를 먹어 대고, 결국은 병이 되도록 뚱뚱하게 살이 찌는 것일까. 하늘은 인간에게 식욕을 스스로 제어할 수 있는 자연의 섭리를 주지 않는 대신에 소화제를 만들 수 있는 지혜를 준 것인가. 이 점은 풀릴 길 없는 또 하나의 수수께끼다. 아무튼 한 가지 분명한 사실은 우리가 뚱뚱한 사람의 비유로 무심코 '돼지새끼' 운운하는 것은 삼가해야 한다는 것이다. 그건 엄연히 돼지에 대한 모독이기 때문이다.

식욕을 이성의 힘으로 통제하지 못한 인간 역사의 비극은 참으로 오래고 길다. 서양인들이 그리스와 함께 자랑하는 거대 제국이 로마이다. 무력을 앞세워 줄기차게 영토 확장을 해 나가던 그들은 결국 지배력의 한계를 느끼게 되자 침략을 멈추었다. 그때부터 로마 제국은 서서히 병들어 가기 시작했다. 땅은 넓어 먹을 것은 넘치고, 잡아온 남녀 노예들은 많고, 전쟁할 필요가 없는 귀족들은 밤마다 향락에 빠져들었다. 예쁜 노예들을 발가벗겨 사우나를 즐기고, 가무가 울려퍼지는 가운데 술과 고기를 맘껏 먹으며 성희에 빠져들고, 그것도 지루해지면 원형극장에 나가 남자 노예들의 혈투를 즐기고, 그들은 끝없는 향락의 늪으로 침몰해 가고 있었다. 그들이 연출한 향락의 극치는 술과 고기를 먹다먹다 더 못 먹겠으면 손가락을 넣어 토해 내어 속을 비우고는 다시금 먹고 마시는 것이었다. 그들이 토해 낸 냄새 지독한 토사물을 큰 그릇에 받아 내는 것은 경비를 서는 남자 노예들이었다. 배고픈 노예들은 그 토사물을 받아 내며 무슨 생각을 했을까. 로마 제국은 귀족들의 그 밤낮 없는 향락 속에서 서서히 기울어져 가고 있었고, 그들의 작태가 점점 넓게 소문나면서 백성들은 성난 바다로 변해 파도를 일으켰던 것이다. 로마 멸망의 여러 요인 중에 인간의 통제되지 않는 추한 식욕이 한몫 톡톡히 한 사례였다.

그러나 서양에서만 그런 일이 있었던 것이 아니다. 중국의 역사 속에서도 그런 향락이 몰고온 파멸이 있었다. 수나라의 2대 황제인 양제가 그 사람이었다. 그는 중국 역사에서 본격적으로 대운하를 판 사람이었다. 그 이유는 백성들의 교통 생활을 편리하게 하기 위함이 아니라 자신의 향락을 극대화하기 위해서였다. 애꿎은 백성 수백 만을 강제로 동원해 운하를 파고, 거기에다 수백 척의 배를 띄웠다. 그리고 신하들을 다 거느린 데다 어여쁜 여자들도 가득가득 태워 먹고 마시고 춤추고 노래하며 질펀하게 풍악을 울려 댔다. 양제는 마음 내키는 곳에다가 배들을 정박시켰는데, 그곳 지방관들은 사력을 다해 황제 일행을 받들어 모시고 대접해야 했다. 그러나 대접이 마음에 안 들면 양제는 그 지방관을 즉각 파직시켜 버렸다. 그러니 지방관들은 눈을 부릅뜨며 황제 대접에 총력을 다 바쳤고, 그럴수록 갈취당하는 백성들의 생활은 피폐해져 갔다.

그런 향락 생활 속에서 양제는 영토 확장의 욕심까지 부려 고구려 침공을 명했다. 그 대대적인 공격은 을지문덕 장군에게 반격을 당해 대패하고 말았다. 양제는 호화로운 뱃놀이에 흥건하게 취한 채 두 번이나 더 공격 명령을 내렸지만 연달아 패배했다. 그러는 동안에 국력은 쇠퇴해 갔지만 양제는 질탕 먹고 마시는 대운하의 뱃놀이 유흥을 멈추려 하지 않았다. 갈수록 백성들의 생활은 참담해지고, 민심은 흉흉하게 변해 갔다. 심각한 위기를 느낀 중신들이 장안으로 회궁해서 나라를 제대로 다스려야 한다고 상소문을 올렸다. 그런 간언에 대한 양제의 응답은, 즉각 처형이었다. 그렇게 죽어 간 충신이 줄줄이 셋이었다. 그 공포에 질려 신하들이 모두 입을 다물어 버린 속에 흥청망청 먹고 마시고 노래하고 춤추는 호화판 유람은 계속되었다. 다음 해의 세금까지 미리 내야 하는 극심한 수탈 속에서 백성들의 삶은 피폐해질 대로 피폐해져 나무껍질이며 풀잎까지 다 먹어 치우다 못해 사람이 사람을 잡아먹는 사태까지 도처에서 벌어졌다. 결국 사방에서 민란이 불붙으면서 양제는 피살당하고 말았다. 그는 14년 재위 기간 동안 장안의 궁에 거처한 것이 1년이 채 안 되었고, 전쟁에 나간 때를 제외한 나머지 10여 년을 호화로운 유람과 금은보화나 거둬들이는 순행으로 보냈다. 그는 그토록 주색잡기에 열중함으로써 거대한 영토를 가진 나라를 망쳐 먹은 대표적인 황제가 되었던 것이다.

세계적인 비만과의 전쟁

'비만과의 전쟁'을 최초로 선언한 나라는 미국이었다. 거기에는 분명한 이유가 있었다.

미국은 세계의 지적 소유권 중 75퍼센트나 가지고 있는 나라다. 그만큼 발명품을 많이 가진 강대국이라는 뜻이다. 그중에서 청바지와 함께 세계를 석권한 식품 세 가지가 있다. 그게 무엇일까? 나이가 어릴수록 그 답을 쉽게 찾아내게 되지 않을까 싶다. 어린아이들일수록 그 식품들을 좋아하니까.

그 세 가지 식품은 맥도날드의 햄버거, KFC의 닭튀김, 그리고 코카콜라다. 그 식품들은 세 가지 공통점을 가지고 있었다. 값싸고, 맛있고, 취급이 간편한 것이었다. 이 얼마나 기막힌가. 이보다 더 완벽하게 소비자의 구미를 맞춘 식품이 있을 수 있는가.

그 식품들은 폭발적 인기 속에 미 대륙을 휩쓸었고, 또 미국의 세계 지배의 위력에 얹혀 여러 나라로 기세를 뻗히기 시작했다. 그 세 가지 식품이 전 세계를 장악한 것은 영국이 전성기에 식민지를 확대해 나가던 속도보다 훨씬 더 빨랐다. 그 세 가지 식품은 세계 모든 나라들의 돈을 빨아들이는 거대한 블랙홀이 되어 부자 나라 미국을 더욱 부자로 만들었다. 그리고 그것들은 청바지와 함께 미국을 상징하는 또 다른 성조기가 되었다. 중남미 국가들은 말할 것도 없고, 아프리카 여러 나라들, 중앙아시아 국가들, 그리고 동남아 나라마다 붉은색 도드라지는 그 간판들은 선명하게 빛나고 있다.

그런데 그 식품들은 치명적인 약점도 내포하고 있었다. 바로 살이 찌게 하는 것이었다. 그 식품들의 재료인 고과당 옥수수 시럽이나 고지방 팜유가 문제였던 것이다. 그 패스트푸드들은 영양가는 아주 낮으면서 칼로리는 엄청나 먹을수록 자꾸 살이 찌게 되어 있었다.

그런 식품을 몇십 년 먹다 보니 국민의 3명 중 1명이 비만이 되어 있었다. 당황한 미국은 부랴부랴 '비만과의 전쟁'을 선포할 수밖에 없었다. 왜냐하면 비만은 심각한 사회 문제를 야기시키는 인간 폭탄을 만들어 내기 때문이다.

비만은 각종 병을 유발하는 원인이다. 특히 모든 성인병의 직접적 원인이 되는데, 당뇨병·고지혈증·동맥 질환은 정상인보다 3배 더 발병 위험이 높다. 그리고 인간이 아직 정복하지 못하고 있는 치명적인 병인 암이 20여 가지나 걸릴 위험이 있는 것이다.

그리고 뚱뚱하게 살찐 몸은 비둔해져 행동력이 현저하게 떨어지게 된다. 그것은 곧 노동력 감소라는 심각한 사회 문제를 일으킨다. 2030년쯤에는 미국 인구의 절반이 노동력 상실의 비만이 될 거라는 위기에 봉착하며 미국은 '비만과의 전쟁'을 선포하기에 이른 것이다.

지금 우리나라도 비만 인구가 급속히 증가하고 있다. 원인은 두 가지다. 패스트푸드 같은 것을 많이 먹는 데다, 운동량은 줄고 있기 때문이다. 자가용 시대가 되어 걷는 것조차 안 하게 되니 소모될 틈이 없는 열량은 살로 차곡차곡 쌓일 수밖에 없는 것이다.

그런데 살이 찌게 하는 또 하나의 복병이 있다. 튀기고 볶고 지진 고지방·고열량 야식 거리를 24시간 배달시켜 먹을 수 있는 유일한 나라가 대한민국이라는 것이다. 밤늦게 기름진 야식을 듬직하게 먹고 그대로 잠이 들면 어찌 되겠는가. 그러면서도 '왜 살이 찌는지 모르겠다'고 하는 사람들이 흔하다. 임신 9개월의 배를 해 가지고도 야식을 안 먹으면 잠이 안 온다고 태연스럽게 말하는 사람도 적잖다. 이런 사람들 앞에서 국가가 아무리 '비만과의 전쟁'을 외쳐 봤자 그거야말로 '쇠귀에 경 읽기'다.

그런데 또 하나의 심각한 문제가 소아 비만이다. 소아 비만은 두 가지 큰 문제를 안고 있다. 첫째, 소아 비만은 아주 쉽게 고혈압·당뇨·고지혈증·동맥 질환 같은 성인병을 유발한 위험이 크다는 점이다. 둘째, 소아 비만이 성인에 비해 급속도로 증가하고 있는 것이다.

그런데 한 가지 주목할 사실이 있다. 같은 기간 동안에 초등학교 남학생의 경우 비만 증가가 6.4배인 데 비해 여학생은 4.7배에 지나지 않았다. 여학생들은 벌써 외모에 신경 쓰기 시작해 먹는 것을 자제한 때문이었다. 이 엄연한 사실은 비만 문제의 첫 번째 해결책은 스스로의 자각과 결심에 의해 매끼 적게 먹는 것이 최선책이라는 사실이다.

소아 비만이 폭증하고 있는 것에도 두 가지 이유가 있다. 어린 아이들은 군침 흐르는 맛있는 음식 앞에서 자제력을 발휘할 능력이 없는 데다, 비만의 위험에 대한 인식도 제대로 갖추기 어려운 탓이다. 그리고 또 하나는, 아이들에게 통제력을 발휘해야 할 어머니들이 뜻밖에도 느긋하고 태연하다. 그런 어머니들이 공통적으로 하는 말이 있다. "뚱뚱한 건 키 크는 것으로 간데요." 남녀 똑같이 키가 커야 멋진 사람의 기본 조건을 갖추는 것으로 인식되고 있는 시대에 그럴싸하게 어울리는 해석이다. 그러나 그건 어디서부터 시작된, 누가 퍼뜨린 유언비어일까. 전문가들에 의하면 그건 아무런 근거가 없는 황당무계한 낭설이라는 것이다. 어머니들의 그 한가로운 믿음이 예쁘고 소중한 아이들을 성인병의 질곡으로 밀어넣는 일에 앞장서고 있다는 것을 잊지 말아야 한다.

너무 많이 먹어 병이 되도록 살이 쪄 다시 돈 들여 살을 빼고 있는 세상 저편에서는 배를 곯다 못해 굶어 죽어 가고 있는 사람들도 숱하다. 비만으로 인한 우리나라의 사회적 손실은 현재 연간 9조 원에 달한다. 그리고 2025년에 세계 성인의 27억 명이 비만이고, 연간 손실액은 1,300조 원으로 예상된다. 그런데 2017년의 세계 기아 인구는 8억 2,000여만 명이다. 그리고 우리나라의 작년 결식 아동은 40여만 명이다. 대충 주먹구구로 계산하더라도 비만 손실액의 반의반만 투입해도 세계와 우리나라의 굶주림을 싹 해결할 수 있다. 무슨 말을 하고자 하는지 아실 것이다.

과하게 먹지 말자. 알맞게 먹자. 그것이 자기 사랑의 길이고, 석가모니와 예수께서 간절히 가르치고자 했던 자비와 박애를 실천하는 길이 아니랴. 한밤중에 야식을 먹어야 잠이 오고, 숨이 차오르도록 많이 먹고는 소화제를 먹는 우리들을 보면서 돼지도 개도 소도 말도 고양이도 그리고 날아가는 새들도 손가락질하며 깔깔깔 웃고 있다.

비만 문제를 통해 바라본 개인과 사회간의 관계

'비만'이라는 질병

지구촌은 이미 비만과의 전쟁을 선포했다. 1990년대 이후 점차 늘어가던 비만 인구수는, 2000년대에 들어 급격히 증가해 이제는 곧 세계인구의 1/3이 비만환자가 되게 된다. 빠른 경제성장, 이에 따른 식습관의 변화로 인해 식물성 식품보다는 동물성 단백질이나 지방의 섭취가 증가함에 따라 비만과 과체중이 늘어나 이런 현상이 벌어지게 된 것이다.

세계 보건 기구인 WHO에서는 비만을 '세계에서 가장 빨리 확산되는 병'이라고 규정한 바 있다. 이처럼 비만은 그 어느 병보다도 빠르게 확산되어 왔다. 단 20년만에 20억명의 인구가 비만이 될 정도로 지금까지의 어떤 병보다 강력한 행보를 보였으며, 이 기세로 2030년에는 인류의 절반이 과체중 상태로 전락하고 말 것이다. 비만은 더 이상 하나의 현상이 아니라 질병, 그 중에서도 전염병인 셈이다.

이러한 현실을 인식하게 되면 '도대체 왜 비만이 이렇게 늘어나게 된 것일까?' 하는 궁금증이 생길 것이다. 그래서 막상 비만의 원인을 찾아보게 되면 개인마다 그리고 사회마다 차이가 있어 일목요연하게 확정지어 정리하기가 어렵다. 현대사회 발전에 따른 기계화로 인한 노동력 감소, 과도한 업무로 인한 스트레스와 운동 부족, 그리고 앞서 언급했던 서구화된 식습관 등의 사회적 원인과 함께 과식, 활동량 감소 등의 개인적인 요인이 복합적으로 일어나면서 비만을 더욱 촉진시키고 있다. 이 외에도 유전적, 환경적 요인들도 모두 비만으로 작용할 수 있다.

이렇게 원인들이 방대하고 다양함에도 우리가 비만의 원인을 찾으려는데 열중하고, 비만 문제를 해결하려는데 집중하는 이유는 비만이라는 병이 그만큼 인간에게 위험하기 때문이다. 비만은 모든 성인병의 원인이 되며 비만인은 정상인보다 당뇨병, 고지혈증, 동맥질환 등에 잘 걸리고, 각종 암과 관절 질환의 발병률이 현저히 높아진다. 그리고 결정적으로 비만이 위험한 이유는 아직 해결을 위한 뚜렷한 방법이 없다는데 있다. 약을 이용할 수는 있지만 그 한계가 있고, 식이요법을 이용해도 개인차가 있으며 설령 다이어트에 성공한다 해도 일시적인 경우가 다반사이기 때문이다. 그래서 비만은 만성질병이라고도 불리며 오랫동안 지속됨으로써 건강이 점차 악화되는 방향으로 진행되게 된다. 뿐만 아니라 비만은 육체적을 넘어 정신적 부분에도 악영향을 미친다. 대인관계나 취업의 어려움, 결혼 및 성생활의 제한 등으로 인해 불안이나 우울증 등의 증세를 보이는 경우도 있다. 즉 밖에 나가서는 자신의 용모 때문에 남들 앞에 자신 있게 나서지 못하고 대인 기피증이나 자신감 결여, 심지어는 공포감 증세까지

보이고 상대적으로 집에 들어와서는 식구들에게 밖에서 쌓였던 스트레스를 풀게 됨으로써
집안 분위기를 가라앉게 만드는 수가 있다.

이처럼 이제는 단순히 비만을 '살찐 사람'으로만 볼 것이 아니라 그 심각성을 인지하고 이
또한 하나의 병으로 취급하여 해결을 위해 힘써야 할 것이다.

비만을 어떻게 바라봐야 하나

사실 어찌 보면 지금까지의 내용은 비만 문제에 조금이라도 관심이 있거나 혹은 그렇지
않더라도 주위 사람들에게 한 번 쯤은 들어보았을 법한 이야기들이다. 그런데 필자가 이렇게
흔한 비만 이야기에 주목하게 된 것은 바로 '미국'이라는 나라의 비만에 대한 반응
때문이다.

미국은 자신들을 '비만의 제국'이라고 지칭하였다. 통계적으로 보면 미국은 세계에서 가장
뚱뚱한 나라이며 자신들도 이를 인식하고 사회문제로 대두시킨 것이다. 이제는 사회가
발벗고 나서서 직접 개인의 비만 문제를 해결하겠다고 선언한 것이다. 그런데 이 부분에서 좀
의아하다는 생각을 할 수 있다. '비만은 개인의 문제 아닌가? 왜 굳이 사회가 나서서 이를
해결하고자 하는가? 그리고 개인의 문제를 사회가 해결하려는 것이 정당한가?'

이에 대해 미국의 대다수의 전문가들은 이렇게 말한다. *"비만은 엄연히 말해서 개인의 영역이
맞다. 그러나 비만의 원인의 중대한 부분이 사회에 있으며, 사회가 원인을 제공했다면 사회가
책임 지는 것이 맞다. 그리고 개인적 비만 문제들이 합쳐져서 덩어리를 이루고 그것이 사회를
이룰 때 미국이 받게 되는 경제적, 정치적 손실이 너무 크다."*

그렇다면 우선적으로 위의 말대로 왜 미국에 비만 인구가 늘어났는지에 대한 이유를 알아야
할 것이고, 그 다음에 비만이 가져다주는 사회적 손실에 대해서 살펴보아야 할 것이다.

미국이 세상에서 가장 뚱뚱한 나라가 된 데에는 매우 다양하고 방대한 원인이 있지만 흔히 그
중 상술과 정치적 이유가 이에 가장 큰 역할을 했다고 한다.

1970년대에 들어와서 미국의 정치는 중산층의 식품가격에 대한 반발로 인해 곤혹을 겪는다.
그래서 이를 잠식시키기 위한 해결책으로 해외에서 개발된 값싸고 맛이 뛰어난 고과당
옥수수시럽(HFCS)을 대량으로 수입하기 시작한다. 그러자 이 시럽의 맛과 가격을 알아본
미국 대다수의 식료품기업들과 가게들이 이를 적극적으로 사용하게 되었고, 모든 미국인들은
음식을 섭취할 때마다 이 시럽에 노출되게 되었다. 당시 개발되어 폭발적 인기를 끌었던

탄산음료 역시 고과당 옥수수시럽을 사용하기도 했다. 그리고 미국은 이 흐름을 타서 물가를 잡고 경제를 살리겠다는 명목으로 포화지방인 고지방 팜유를 대거 수입하게 된다. 이 팜유는 고칼로리 음식을 튀길때 사용되었으며 대부분의 패스트푸드와 같은 맛이 뛰어난 음식에 쓰이게 되었다. 그런데 미국은 이 재료들이 엄청난 칼로리를 불러오고 영양가는 매우 낮은 악한 재료라는 것을 간과한 채 사업을 계속 이어나갔다.

이에 힘입어 미국의 패스트푸드 체인점들은 발빠르게 돈벌이 전략을 세우기 시작했다. 피자, 햄버거 등에서 더 뛰어난 맛과 값싼 가격의 음식들을 판매하였으며, 그들의 이렇게 발전 시민들은 열광했다. 특히 서민계층과 빈민층들은 패스트푸드를 마치 주식처럼 먹게 되었으며, 이것이 비만의 시작이었다.

어느덧 사람들은 이 음식들에 중독되어 있었고, 영양은 간과한 채 맛과 가격 그리고 양을 모두 잡은 패스트푸드를 놓칠 수가 없었다. 기업은 점점 돈벌이를 늘려갔고, 소비자들은 그 돈벌이 수단에 놀아나게 된 것이다. 심지어는 당시 탄산음료 회사들과 일부 공립학교간에 비밀 계약을 체결하면서 탄산음료 회사에서 예산을 지원해 줄테니 '코카콜라'만을 매점에서 팔도록 지시하게 하기도 했었다.

그리고 의류회사들도 이러한 흐름에 맞춰가고자 뚱뚱한 사이즈를 보통 사이즈라고 판매하면서 미국인들이 점점 비만이 되고 있다는 사실에 무감각해지고 인지하지 못하도록 하였다. 게다가 맞벌이의 증가와 집에서 밥을 해먹기보다 밖에 나가서 먹는것이 편하다는 인식이 팽배해져 비만이 점점 부추김을 받게 되었다. 결국 미국은 경제적으로 크게 발전하게되고, 정치적으로 당시 사회문제를 해결하는 소기의 목적을 달성하게 되었다. 그리고 그들이 간과했던 여러 문제들 때문에 비만은 점점 늘어나게 되었다.

그리고 이러한 사회적 책임과 함께 미국이 비만문제를 해결하는데 적극적인 이유는 앞서 언급했듯이 비만이 불러오는 사회적 손실이 너무 크기 때문이다.

세계보건기구는 비만을 전 세계적인 역병으로 보고 있다. 이는 에이즈, 콜레라, 중증급성호흡기증후군 등에 버금간다. 그 이유는 과체중으로 인한 너무 많은 의료비용이 들기에 많은 국가의 의료 서비스에 큰짐이 되고 있기 때문이다. 미국이 발표한 자료에 따르면 미국은 연간 비만 때문에 120 조원 이상의 경비를 지출하고 있다. 그리고 나아가 비만과 직접적으로 관련된 질병으로 사망하는 수가 매년 30 만명에 이르며 비만이 원인이 되어 사망을 유발하는 정도가 흡연만큼이나 유해하다. 이로 인해 미국이 지불하는 총 경제적 비용만 1,170 억달러나 된다. 그리고 미국 랜드(RAND)연구소에서 나온 연구 결과에 따르면 비만 관련 질병으로 인한 사망자는 에이즈, 암, 교통사고 희생자보다 더 많다고도 한다.

그런데 여기서도 분명 궁금증이 들 것이다. '사회적으로 이상한 일들이 일어난 것은 알겠지만 비만은 개인적인 문제이고, 또한 비만은 개인이 통제 할 수 있던 것이 아닐까?'. 물론 살이 찌는데에는 개인의 식습관, 개인의 신체 차이, 개인의 선택 등 다양한 개인적 이유가 있었을 것이다. 그러나 비만이 동시다발적으로 사회 전반에 걸쳐 일어나고 있다면 그것을 오로지 개인적 책임으로만 돌리는 것은 문제가 있어보인다. 분명 개인의 문제에 사회도 뿌리깊게 관여했을 것이 때문이다.

우리 사회는 너무 비만을 개인적 문제로 치부하고 있다. 우리 사회는 너무 비만 문제의 사회적 요인을 간과하고 있다. 개인의 의지가 약해서 살이 찌고, 살을 빼지 못하고, 개인의 노력이 부족해서 살이 찌고, 살을 빼지 못하고… 이로 인해 개인의 비만에 대한 타박과 비난으로 비만 환자들이 정신적으로 문제를 겪게 되고, 사회적 일탈의 길로 점점 빠져드는 그 마지노선까지 우리는 계속 비만 환자만을 탓하고 있다. 그래서 '네가 그만 먹으면 될거 아니냐?, 네가 나가서 운동하면 될거 아니냐?'등의 무책임한 말들만 가득할 뿐이다. 사회와 주변 사람들이 개인에게만 집중해서 비만을 치료하려 들면 절대로 우리 사회의 비만 문제는 해결되지 않을 것이다. 이것은 비만 문제의 원인을 제대로 짚지 못한 안타까운 결과이다. 아리스토텔레스는 "인간은 사회적 동물이다."라고 말했다. 개인이 혼자 인생을 살아간다면 그것은 지구촌 안의 사회가 아닐 것이다. 개인이 있기에 사회가 있는 것이고, 사회가 있기에 개인이 있는 것이다. 결국 이는 사회와 개인의 끊임없는 상호작용을 의미한다. 비만 문제는 단순히 살이 찌는 현상을 넘어서 개인과 사회에 대한 의미 있는 질문을 던져준다. '사회 속의 개인은 어떤 존재인가… 그리고 그 개인들로 이루어진 사회는 어떤 존재인가…'

비만 그리고 바람직한 개인과 사회와의 관계

프랑스의 저명한 사회학자인 에밀 뒤르켐(Emile Durkheim)은 개인과 사회의 관계에 대해 역사적으로 유의미한 분석을 한다. 그는 그의 대표저서인 자살론에서 자살을 중심으로 이를 설명한다. 그의 주장을 한마디로 하면 간단하다. '자살은 사회적 요인에 의해 나타난다'. 이 주장은 당시 대다수의 사람들이 자살에 대해서 개인적 문제로 치부했던 것과 완전히 상반된 내용으로, 사회학에 새로운 관점을 시사해 주었다.

그는 자살론에서 비사회적 요인은 자살의 원인이 될 수 없다고 말하고 이를 증명한다.

　　　'정신질환과 자살과의 사이에는 규칙적이고 명백한 관계가 있다고 볼 수 없다. 또한 한 사회의 자살률은 그 사회에 알코올 중독자가 더 많고 적음에 의해서 결정되는 것도 아니다. 설혹 여러 가지 형태의 정신적 결함이 개인으로 하여금 자살을 하게 하는, 자살의 원인이

작용하기에 아주 적당한 심리적 상태를 제공한다고 할지라도, 정신적 결합 자체는 자살의 원인이 아니다. 자살의 잠재성은 우리가 발견해 내지 않으면 안되는 다른 요인들, 즉 사회적 요인의 작용을 통해서만 비로소 효력을 보게 되는 것이다.'

그리고 이어서 서술하기를

'의심할 여지없이 자살은 개인적 특질이 허용하지 않는 한 일어나지 않는다. 그것은 상황에 따라 여러 가지 형태를 취하면서 자살을 일으킬 수도 있지만, 그렇다고 반드시 자살을 일으키는 것도 아니다. 따라서 개인적 조건은 자살을 설명하는 요인이 되지 못한다.'

그는 단도직입적으로 개인적 요건만이 자살을 결정하지 않는다고 주장하고 있다. 사회적 요건과 개인적 요건 모두가 성립 할때 자살이라는 현상이 일어난다는 것이다. 그리고 나아가 이러한 3 가지 명제를 제시한다.

'자살은 종교사회(宗敎社會)의 통합의 정도에 반비례한다.'
'자살은 가족사회(家族社會)의 통합의 정도에 반비례한다.'
'자살은 정치사회(政治社會)의 통합의 정도에 반비례한다.'

이를 통해 자살은 개인들로 구성되는 사회의 통합의 정도에 반비례한다는 일반적 결론을 도출하며 개인의 자아보다는 사회적 자아가 더 강력하며 개인의 문제까지 영향을 준다고 정리한다. 이 책은 전체에 걸쳐서 무턱대고 '자살은 사회적 요인에 의한 것이다.'라고 주장하지 않고 통계 분석을 효과적으로 사용하며 이를 정리해 나간다.

그런데 그가 말하는 '자살'이라는 키워드가 어찌보면 현대의 '비만'이라는 키워드와 굉장히 유사점이 많다는 것을 느낄수 있지 않은가? 뒤르켐은 자살을 이야기하면서 결국 개인과 사회의 관계에 대한 이야기에 도달한다.

그는 '집단적 의식의 내면화' 라는 말을 한다. 이는 사회가 가지고 있는 정신적인 요소를 개인의 내면에 심어줌으로써 그 사회가 추구하는 이상을 실현시키고 사회정의를 실현할 수 있는 인간성을 완성, 즉 도덕성을 함양시킬 수 있으며 이로 말미암아 궁극적으로는 이상적인 사회를 건설할 수 있다는 것이다. 결국 이는 사회가 단순히 개인들의 합으로 이루어진 것이 아니며 오랜 시간 동안 인류 전체가 공동으로 이룩해 놓은 것이다. 따라서 이러한 사회적인 관념과 성질들은 현실에서 우리에게 영향력을 행사하고 있으며, 개인은 이러한 사회의 영향력을 일방적이게 수동적으로 받아들일 수밖에 없는 입장이다라는 이야기이다.

언뜻 보았을 때는 개인은 철저히 사회에 구속되어 살아가며 개인의 자유는 매우 제한적이라고 보여진다. 그러나 뒤르켐은 개인이 사회에 종속되어 있지는 않다고 했다. 즉 개인은 사회의 집단적 의식을 내면화 한 후에 자신의 것으로 승화시켜 보다 자유로운 존재로 거듭난다는 것이다.

뒤르켐이 제시한 이 개인과 사회의 틀은 '비만 문제', '자살 문제' 등의 사회문제가 해결되고 이상적인 사회로 나아가는 기초적인 모습이라고 생각된다. 사회적으로 옳다고 생각되고, 동의되는 내용들이 개인에게 전해지면서 이것이 내면화 되어 행동으로 드러나는 선순환의 구조이다. 그러면서 자연스럽게 인간은 부정적 욕망을 이겨낼 수 있고 그러한 인간들이 모여 발전된 사회 의식을 만들고 그것이 다시 다음 세대의 개인에게 전해지는 바람직한 구조 말이다. 결국 이는 개인과 사회의 '상호의존적 관계'를 의미한다. 사회는 스스로의 유지와 발전을 위해 사회에서 원하는 인간상을 만들어 내기 위하여 개인을 교육시키며, 개인은 이러한 교육의 과정을 통하여 이기적인 존재에서 벗어나 자유로운 존재가 될 수 있으며 사회적 동물이라는 본연의 특성을 개발할 수 있을 것이다.

이러한 개인-사회 모델로는 비만이라는 것이 사회문제로 대두되고 있는 현재 상황은 매우 이상적이다. 비만을 해결해야 겠다는 사회적 의식이 생겨나고 이에 알맞는 방법이 개인에게 내면화되면서 개인들이 점차 이를 고쳐나가며, 이렇게 발전한 개인들이 모여 탈비만 사회가 완성되는 것이다. 만일 비만은 단순히 개인문제로 치부하는데 그친다면 이러한 선순환 구조는 나올 수가 없다. 그러면 비만은 점점 해결 할 수 없는 개인 문제의 영역으로 빠졌을 것이고, 비만환자들이 고생하는 것은 물론이고, 주위 사람들 나아가 사회 전체가 계속해서 병적인 '비만'이라는 질환으로 골머리를 앓을 것이다.

인류는 언제나 바람직한 개인과 사회와의 관계에 대해서 고민해왔다. 그리고 그 고민은 모두 개인과 사회는 절대 둘로 양분 될 수 없다는 전제하에 더욱 심화되었을 것이다. 결국 많은 세월이 흘렀지만 아직까지 그 고민에 대한 정확한 답은 나오지 않았다. 물론 앞으로도 나오지 않을 것이다. 그래도 하나 확실한 것은 있다. 개인과 사회가 상부상조하며 서로 긍정적 영향을 주는 발전적인 미래를 만들어 나가야 한다는 사실이다.

할아버지와 손자의
대화

제1판 1쇄 / 2018년 4월 20일
제1판 5쇄 / 2023년 11월 20일

저자 / 조정래 조재면
발행인 / 송영석
발행처 / (株)해냄출판사

등록번호 / 제10-229호
등록일자 / 1988년 5월 11일(설립연도 | 1983년 6월 24일)

04042 서울시 마포구 잔다리로 30 해냄빌딩 5·6층
대표전화 / 326-1600 팩스 / 326-1624
홈페이지 / www.hainaim.com

ⓒ 조정래 조재면, 2018
ISBN 978-89-6574-654-6